suhrkamp taschenbuch 1739

Stanisław Lem, einer der profiliertesten polnischen Autoren nicht nur der Science-fiction-Literatur, hat seine Kindheitserinnerungen niedergeschrieben. In *Das Hohe Schloß* entsteht das Lwów der zwanziger und dreißiger Jahre, »mit bewundernswerter Akkuratesse beschrieben«, wie Mario Szenessy in der *Frankfurter Allgemeinen Zeitung* bemerkte: »Ich habe selten Beschreibungen von solch zwingender Eindringlichkeit gelesen, oder genauer: verschlungen, denn sie haben mich in Atem gehalten, sie sind spannender als der intelligenteste Kriminalroman.« Doch sieht Lem seine Heimatstadt nur scheinbar mit den Augen des Kindes und Jugendlichen. Auf der Suche nach der verlorenen Zeit realisiert sie sich zu einer ununterbrochenen Gegenwärtigkeit.

»So war die Zeit denn ein Abgrund, unbeweglich in sich selbst, gleichsam machtlos, untätig. In ihr geschah sehr viel, viel wie in einem Meer, doch sie selbst schien stillzustehen.« *Stanisław Lem*

Stanisław Lem
Das Hohe Schloß

Deutsch von
Caesar Rymarowicz

Suhrkamp

Titel der polnischen Originalausgabe: *Wysoki Zamek*
erschienen bei Czytelnik, Warszawa 1968

3. Auflage 2016

Erste Auflage 1990
suhrkamp taschenbuch 1739

Printed in Germany
Umschlag: hißmann, heilmann, hamburg
ISBN 978-3-518-38239-4

Das Hohe Schloß

Nun sehe ich, wie wenig es mir gelungen ist, meinen ursprünglichen Vorsatz zu verwirklichen, mit dem ich ans Schreiben gegangen bin – der Erinnerung zu vertrauen, mich ihrem Befehl zu fügen und sogar, die Reflexionen zügelnd, aus ihr wie aus einem Topf alles, was immer geschehen ist, auf den Tisch zu schütten – in dem Glauben, daß es offenbar wichtig sei, weil sie es festgehalten hatte, so daß sich dieses Häufchen vielleicht wie die bunten Glassplitter eines aufgeschlitzten Kaleidoskops zu einem sinnvollen Muster ordnen würde. Oder vielleicht auch nicht zu einem eindeutigen Muster, sondern zu einer Vielzahl solcher Muster, die sich wechselseitig durchdringen und in der man verschiedene Anordnungen finden kann, und sei es nur im rudimentären, schüchtern verbrämten Zustand, so daß ich meine Kindheit auf diese Weise nicht so sehr in wörtlicher Verdichtung wiedergeben werde, die heute immerhin nur einen abstrakten Begriff darstellt, mich zwar, doch zerpflückt von einem Dutzend Kalendern auf all ihren schwarzen und roten Blättern, als vielmehr dank einer solchen List das Porträt – oder den Mechanismus – der Erinnerung, die ja weder ein mir völlig fremdes, absolut passives Versteck, eine geräumige Leere, der Schreibtisch der Seele mit einer Menge Ritzen und Geheimfächer ist noch mein Ich. Ich bin nicht sie, denn sie verkörpert eine eigenständige Kraft, die nicht an genau den gleichen Stellen begierig, nicht an den gleichen Stellen empfindsam oder gleichgültig ist wie ich – sie hat ja so manches von dem, was ich mir so gern gemerkt hätte, nicht festgehalten. Und umgekehrt – wie oft hat sie das fixiert, woran mir nicht im geringsten gelegen war. Also wollte ich eher sie denn mich selbst in höherem Maße zum Ablegen von Geständnissen veranlassen, damit ihr Bildnis entstünde, für das ich übrigens bereitwillig die Verantwortung übernehmen würde, obwohl ich sie gar nicht im Griff hatte und sie auch weiterhin nicht beherrsche. Ein Experiment sollte es werden, auf dessen Ergebnisse ich wirklich gespannt war, ganz so, als handelte es sich nicht um mich und als sollten die Bilder und Berichte nicht von mir ausgehen, sondern aus dem Munde eines anderen, der ich nicht bin. Es hatte sich nur so ergeben, daß dieser Jemand in mir saß, lange vorher, daß er gewissermaßen in mir versteckt war, so wie die inneren Schichten eines Baumes, aus der Zeit seiner Kindheit und seiner Jugend, von vielen Überlagerungen des Reifealters umgeben sind. In diesem Sinne kann man fast buchstäblich behaupten, daß jenes junge Bäumchen aus einer Phase vor Dutzenden von Jahren in diesem ausgewachsenen verborgen ist. Ich weiß wirklich nicht, wann ich mich zum erstenmal maßlos darüber wunderte, daß ich bin, und zugleich sicherlich etwas darüber erschrocken war, daß es mich überhaupt nicht hätte geben können oder daß ich auch irgendein Stock oder eine Pusteblume, das Bein einer Ziege oder eine Schnecke hätte sein können. Ja selbst ein Stein. Manchmal habe ich den Eindruck, daß das noch vor dem Kriege gewesen sein muß, also zu den hier geschilderten Zeiten, aber ich bin mir dessen nicht ganz sicher. Auf jeden Fall hat mich dieses Erstaunen nie mehr verlassen, obwohl es nicht zur Monomanie wurde. Ich habe es später von verschiedenen Seiten angezapft, bin unterschiedlich herangegangen, und es war mitunter so, daß ich dieses Gefühl beinahe schon für völligen Unsinn hielt, für etwas, dessen man sich wie eines Gebrechens schämen müsse. Dann jedoch kehrte wieder die Frage zurück, warum die Gedanken im Kopf eigentlich in die eine und nicht in die andere Richtung gingen, was über sie verfüge und sie dirigiere; eine Zeitlang glaubte ich ziemlich fest daran, daß meine Seele – und eigentlich das Bewußtsein – irgendwo vier oder fünf Zentimeter tief im Inneren des Gesichts verborgen sei, hinter der Nase, ein wenig unterhalb der Stelle, wo sich die Augen befinden. Warum? Ich habe keine Ahnung.

Sicherlich war das eine „Subphilosophie", ähnlich wie es einst, noch früher, statt des Denkens ein „Unter-" oder „Vordenken" gegeben hatte. Und das wollte ich ebenfalls mit dem gesamten Benefiz des Inventars aus der Erinnerung schütteln.

Das sollte von selbst geschehen, und die Mühe sollte sich ausschließlich aufs Erinnern, auf das Rütteln jenes metaphorischen Topfes beschränken – aber es ist mir nicht geglückt. Ich sehe, daß ich, einerlei ob willentlich oder nicht, gleichzeitig auch das Erinnerte ordnete, und zwar so, daß es sich zu Spuren formte, die recht deutlich in meine Richtung wiesen, auf mich, den heutigen, den sogenannten Literaten, das heißt auf einen Menschen, der einen der weniger ernsten und eher bedenklichen, beschämenden Berufe ausübt: den des höchst emsigen Ersinnens, das man mit verschiedenen gelehrten oder Gott weiß was verdeutlichenden Bezeichnungen wie „Schriftstellerwerkstatt" zu versehen pflegt. Was mich betrifft, so besitze ich gar keine solche Werkstatt. Jedenfalls habe ich sie bisher nicht bemerkt. Somit wurde alles, was ich aus dem Sack der Erinnerung schüttete, auf der Stelle, im Fluge gelenkt, freilich unmerklich. Von irgendwelchen drastischen Lügen, von Abänderungen kann hier keine Rede sein. Das erfolgte ganz von selbst und auf jeden Fall ohne Absicht. Im übrigen will ich mich gar nicht rechtfertigen.

Erst jetzt, nachträglich, wie ein Detektiv, der den Spuren des Verbrechens folgt, das in einem prestidigitatorischen Ordnen dessen besteht, was überhaupt nicht geordnet war, als es sich zutrug, und auch nicht in meine Richtung wies – erst jetzt sehe ich in dem Ganzen, das ja immerhin entstanden ist, jenen auf mich, der ich ein Vierteljahrhundert später bin, weisenden Pfeil. Das ist um so seltsamer, weil ich nie der Meinung war, ich sei „zu einem Schriftsteller geboren" und das hoc erat in votis *treffe auf mich nicht zu. Übrigens denke ich weiterhin so. Das bedeutet, daß sich in jener Kindheit und in der aus ihr verbliebenen Rumpelkammer ein ganze Menge einander kreuzender Fährten abzulesender, aufzudeckender, vorwiegend chaotischer Richtungen befunden haben muß, Fährten, die blind endeten, abrissen. Vielleicht waren das auch gar keine Spuren, sondern lediglich sehr viele durch Raum und Zeit voneinander isolierte Inselchen; kein völliges Chaos also, denn allein schon der Umstand, daß es ein Zuhause, eine Schule, daß es Eltern gab, daß ich mir noch als ganz kleiner Wicht einen grünen „Flügel" an die Nase klebte, aber* dann größer wurde, eine Schuluniform trug, schon das bildete eine ziemlich klar umrissene Ordnung. Aber das war wohl eine Ordnung wie auf einem leeren Schachbrett, auf dem man entweder schwarz-weiße Streifen sehen kann, die längs oder quer verlaufen, oder auch solche in der Diagonale, daß sich alles so umstrukturiert, wie wir es haben wollen. Das Schachbrett bleibt weiterhin ein Schachbrett, und wir sehen nichts außer dem, was wirklich darauf ist – abwechselnd weiße und schwarze Quadrate, und nur die Ordnung, die Richtung, die Direktive ändern sich umvermittelt. Etwas merkwürdig Ähnliches ist wohl mit dem hier offenen Schachbrett der Erinnerung geschehen. Ich habe nichts hinzugefügt, habe aber von den vielen Systemen, die ich hätte finden können, eins überbetont. Geschah das darum, weil man unwillkürlich nach einem Leitmotiv, einer führenden Achse, einer Lebenskonsequenz sucht? Um nicht einmal sich selbst einzugestehen, daß man so viele eingeschlagene Richtungen verworfen, unwiederbringlich verloren, vergeudet hat? Oder einfach nur deshalb, weil wir wollen, daß das, was ist, ebenso wie das, was war, stets einen ordentlichen und ausdrücklichen Sinn hat, obwohl es gar nicht so sein muß? Als genügte es nicht, einfach zu leben; ich sage ja nicht – im reifen Alter, wo ein Amöbentum, das Fehlen klaren Sinns untragbar ist – aber in der Kindheit? Ich wollte in aller Rechtschaffenheit das Kind zu Wort kommen lassen, ohne es zu behindern, soweit das möglich ist, statt dessen habe ich mich an ihm bereichert, habe seine Hosentaschen geplündert, die Schubfächer, die Hefte, um mich vor den Älteren zu brüsten, wie gut es sich schon damals angelassen hatte, welche Larven künftiger Tugenden selbst seine kleinen Sünden waren, und um diesen Raub irgendwie zu rechtfertigen, habe ich ihn in einen schönen Wegweiser, beinahe in ein ganzes System verwandelt. Auf diese Weise habe ich noch ein Buch geschrieben – als hätte ich nicht von vornherein gewußt, geahnt, daß es anders nicht sein kann, daß alle Absichten, die dem Protokollieren von Erinnerungen vorstehen, leerer Schein und Trug sind, all jene strengen Vorsätze, von sich aus nichts hinzufügen zu wollen. Ich habe sogar zuviel gesagt, habe kommentiert, interpretiert, habe *aus fremden Geheimnissen und Spielen, denn sie sind ja nicht meine, ich habe sie ja nicht mehr, sie existieren nicht, diesem kleinen Jungen ein Grabmal errichtet, habe ihn darin eingeschlossen, aufmerksam besorgt und in aller Gelassenheit, sachlich, als hätte ich über einen Erdachten geschrieben, der nie gelebt hat, den man nach ästhetischen Gesetzen, nach eigenem Willen und nach einem Plan formen kann. Das war nicht fair. So geht man mit einem Kind nicht um.*

1

Erinnern Sie sich noch an das Sammelsurium rätselhafter Dinge, die die Liliputaner in Gullivers Taschen fanden? An jene geheimnisvollen und phantastischen Gegenstände, wie den Palisadenkamm, die gewaltige Uhr, die einen rhythmischen Lärm erzeugte, und die vielen anderen, deren Bestimmung völlig unklar war? Einst war auch ich ein Liliputaner. Ich habe mich mit meinem Vater vertraut gemacht, bin an ihm hinaufgekrochen, wenn er in dem Sessel mit der hohen Lehne saß, und habe die Taschen seines schwarzen, nach Tabak und nach Krankenhaus riechenden Anzugs, zu denen er mir Zugang gewährte, durchforscht. In der linken Westentasche trug er einen Metallzylinder, der einer Großwildpatrone glich; man konnte ihn auseinanderdrehen, und dann zeigte er in seinem Inneren eine kleine Pyramide aus übereinandergesteckten Nickeltrichtern – jeder nächstfolgende hatte einen kleineren Durchmesser als der vorherige. Das waren Endoskope. Die benachbarte Tasche enthielt einen Bleistift, der zur Zeit meiner ersten Untersuchungen schon fast abgenutzt war und in einer goldenen Fassung stak, die den Bleistiftstummel mit einem Klicken aus sich herausschob, wenn man auf sie drückte – aber dazu bedurfte es größerer Kraft, als ich sie besaß. Im Gehrock befand sich eine Metallschachtel, die ziemlich beängstigend zuschnappte, mit einer Samteinlage, darin ruhte ein winziges Portemonnaie, nicht für Münzen, denn es enthielt überhaupt nichts außer einem Stückchen Samt, das sich nach dem Aufknöpfen des Verschlusses von selbst auseinanderlegte. Dort war auch ein kleines silbernes Schächtelchen mit einem Schnappschlößchen am Deckel, und darin lag ein silbernes Plättchen, an dessen Unterseite ein flacher dunkellila Gummi befestigt war, aber da durfte man nicht die Finger hineinstecken, weil sie sich gleich tintenblau färbten, und auf der entgegengesetzten Seite, im Gehrock –

war noch ein runder Spiegel, der ein Loch in der Mitte und einen Sprung hatte und der an einem schwarzen Band mit einer Klammer hing. Dieser Spiegel vergrößerte stark mein Gesicht, verwandelte das Auge in eine Art gewaltigen Teich, in dem die braune Iris wie ein runder Fisch schwamm, während die massiven Wimpern wie Schilf waren, das rings um den Teich wuchs. In der Weste wiederum stak, an einer goldenen Kette verankert, eine flache Uhr, ebenfalls aus Gold, mit drei Deckeln. Sie hatte Ziffern, die als römisch bezeichnet wurden, und einen kleinen Sekundenzeiger. Die Deckel der anderen Seite konnte ich nicht selbst öffnen, und man konnte das auch nicht immer tun. Kleine Rädchen mit Rubinäuglein lebten dort für sich hin, leuchteten und bewegten sich.

Auf diese Weise lernte ich meinen Vater kennen; aus der Nähe. Er trug weiße Hemden mit feinen schwarzen Streifen, mit Manschetten, die angeknöpft wurden, und mit einem steifen Kragen, der ebenfalls befestigt werden mußte, aber mit Klammern. Viele solcher Kragen, die bereits alt waren, lagen in den Schubladen des Wäscheschranks herum. Sie fühlten sich durch ihre elastische Steife angenehm an, und ich hatte immer den Eindruck, man könne aus ihnen etwas Interessantes, Nützliches machen, doch kam ich nie darauf, was das hätte sein können. Die Krawatte meines Vaters war weich und schwarz, sie sah wie eine Schärpe aus und wurde wie eine Kokarde gebunden. Der Hut hatte breite weiche Ränder und einen Gummi, der sich vorzüglich spannen ließ. Es gab zwei Spazierstöcke, einer war manchmal verlegt; beide waren sie ziemlich gewöhnlich – der Onkel besaß einen interessanteren, mit einem silbernen Pferdekopf, und ein unsäglich altes Wesen, das sich kaum bewegen konnte und das uns manchmal aufsuchte, benutzte wieder einen anderen, mit einem Knauf aus Elfenbein.

Aus der Nähe bekam ich diesen Stock jedoch nie zu sehen, weil ich mich vor diesem Besucher zu verstecken pflegte: Er schnaufte immer so entsetzlich. Ich wußte nicht, daß er mich damit gar nicht erschrecken wollte. Angeblich war er ebenfalls ein Onkel, offenbar ein Uronkel, aber nach meinen Vorstellungen hatte er überhaupt nichts von einem Onkel an sich.

Wir wohnten in der Brajerowskastraße Nummer vier, in der zweiten Etage. Spazieren gingen wir, das heißt ich und mein Vater, gewöhnlich in den Jesuitengarten oder die Mickiewiczallee hinauf, in Richtung der orthodoxen Kirche des heiligen Jura. Ich weiß gar nicht, weshalb mein Vater einen Spazierstock trug, denn er stützte sich nie auf ihn. An Wintervormittagen, wenn noch zuviel Schnee im Garten lag, wandelten wir die Marszałkowskastraße entlang, vorbei an der Jan-Kazimierz-Universität, wo ich, wenn ich den Kopf reckte, gewaltige halbnackte Steinfiguren mit eigenartigen Hüten, ebenfalls aus Stein, betrachten konnte; sie übten reglos ihre unbegreiflichen Funktionen aus: Die eine saß, während die andere ein aufgeschlagenes Buch hielt, das sie auf das nackte Knie stützte. Das ständige Hochreißen des Kopfes wäre ermüdend gewesen, also beobachtete ich den neben mir schreitenden Vater grundsätzlich bis zur Kniehöhe – na, vielleicht ein wenig höher. Einmal bemerkte ich, daß mein Vater nicht seine gewohnten Schnürschuhe anhatte, sondern mir völlig unbekannte, glatte, ohne jede Spur von Verschluß. Auch seine Gamaschen waren verschwunden, von denen er sich nie zu trennen pflegte. „Woher hast du diese Schuhe?“ fragte ich überrascht, und da ertönte von oben eine fremde Stimme: „Was soll diese Frechheit?“

Es war gar nicht mein Vater, sondern ein ganz fremder Mann, dem ich mich angeschlossen hatte, ohne zu wissen, wie; mein Vater ging ein Dutzend Schritte hinter uns. Ich war starr vor Schreck. Das muß ein außerordentlich unangenehmes Erlebnis gewesen sein, wenn ich es mir so gut gemerkt hatte.

Der Jesuitengarten war nicht besonders groß, aber auch so verirrte ich mich einmal darin; das ist jedoch so lange her, und ich war damals so klein, daß es eigentlich nicht meine eigene Erinnerung ist, man hat mir nur davon erzählt. An einer bestimmten Stelle, zwischen hohen Büschen, es waren wohl Haselnußsträucher, denn sie hatten rote Zweige, stand ein großes Faß mit Wasser; ich glaube, ich habe es dreißig Jahre später in die Erzählung „Der Garten der Finsternis“ aufgenommen. Offen gesagt, der Jesuitengarten war gar keine Attraktion. Ganz anders der Stryjer Park. Dort gab es einen kleinen See, geformt wie eine Acht, und rechter Hand öffnete sich eine Allee, die bis ans Ende der Welt führte. Vielleicht deshalb, weil man dort nie entlangging, was weiß ich. Vielleicht hatte mir das auch nur jemand gesagt. Wahrscheinlich jedoch habe ich es mir selbst ausgedacht, und ich neigte sogar ziemlich lange dazu, dies zu glauben. Der Stryjer Park war etwas verworren angelegt – in seiner Nachbarschaft befand sich das herrliche Ausstellungsgelände der Ostmesse. Im Winter wie im Sommer beherrschte ihn der viereckige Baczewski-Turm, gesäumt von Reihen bunter gefüllter Flaschen. Ich wollte wissen, ob sie echten Likör oder nur buntgefärbtes Wasser enthielten, aber das konnte mir niemand sagen.

Zum Stryjer Park fuhren wir gewöhnlich mit einer Droschke, während wir zum Jesuitengarten meistens zu Fuß gingen. Ich bedauerte das, denn die Fahrbahn war vor der Universität mit besonderen Holzwürfeln gepflastert, und die Pferdehufe erzeugten darauf eigenartige Geräusche, es hallte, als verberge sich darunter ein großer Raum. Das soll nicht heißen, daß mir Spaziergänge in die nähere Umgebung keine Freude bereitet hätten. Am Eingang zum Jesuitengarten saß ein Mann mit einem Glücksrad. Es gelang mir ein paarmal, ein blechernes Zigarettenetui, das innen gelbliche Bändchen zum Festhalten der Zigaretten hatte, zu gewinnen, meist jedoch nur zweiseitige Taschenspiegel. Es standen dort auch Wägelchen mit Eis, aber das durfte ich nicht essen. Und später, als ich etwas größer geworden war, traf ich dort manchmal Anusia. Die alte Frau, kaum größer als ich, mit einer Drahtbrille auf der Nase und einem Korb Brezeln in der Hand, war einst meine Amme gewesen. Die Brezeln verkaufte sie entweder zu zwei Stück für fünf Groschen – die zog ich vor – oder eine für einen Fünfer. Zu einer Zehngroschenmünze sagte man „Sechser" – das war schon eine beträchtliche Menge.

Aus dem Garten kehrten wir entweder geradewegs nach Hause zurück oder auf Umwegen über den Smolka-Platz, in dessen Mitte eine Steinfigur stand; und das taten wir deshalb, um Obst oder sogar Kirschkompott in einer Dose, was eine Rarität war, in Orensteins Laden zu kaufen. Im Schaufenster lagen immer Pyramiden rotbäckiger Äpfel sowie Apfelsinen und Bananen mit ovalem Etikett, das mit der Aufschrift „Fyffes“ versehen war. Ich habe mir dieses Wort gemerkt, aber ich weiß nicht, was es bedeuten könnte. Etwas weiter, dort, wo bereits die Jagiellonenstraße begann, war das Kino „Marysienka“. Ich liebte es überhaupt nicht, weil meine Mutter mit mir hinzugehen pflegte, wenn sie, wie es scheint, nichts mit mir anzufangen wußte. Was auf der Leinwand geschah, verstand ich nicht. Es langweilte mich entsetzlich. Manchmal endete das damit, daß ich sacht und verstohlen vom Sessel auf den Fußboden rutschte und auf allen vieren die kühle Bodennähe zu erforschen begann, indem ich zwischen den Beinen der Leute hindurchkroch, aber auch dessen wurde ich bald überdrüssig. Also mußte ich warten, bis der Film zu Ende war. Die Herren und Damen auf der Leinwand öffneten und schlossen die Münder, ohne einen Laut auszustoßen, nur die Musik spielte dazu. Zunächst war es Klavierbegleitung, später wohl Musik von Grammophonplatten.

Aber wir sollten ja nach Hause zurückkehren. Vom Smolka-Platz gingen wir also die Podlewskistraße entlang, die ziemlich uninteressant war, dann durch kleine Seitenstraßen, die Chopin- und die Moniuszkogasse, wo der starke Kaffeegeruch aus der Brennerei bereits ankündigte, daß sich gleich unser Haus zeigen würde. Das eiserne Tor war schwarz und schwer, dann kamen die steinernen Stufen. Die Hintertreppe, die zur Küche führte, sollten wir nicht benutzen. Sie war spiralförmig, also sehr gewunden, und hallte dumpf blechern wider, wenn man sie betrat. Etwas zog mich dorthin, doch auf dem Hof, den man zuerst überqueren mußte, gab es angeblich Ratten. Einmal war tatsächlich eine erschienen, sogar in unserer Küche, aber damals war ich wohl schon zehn, vielleicht auch elf Jahre alt. Sie war schrecklich – als ich mit dem Feuerhaken auf sie losging, sprang sie mir an die Brust; ich flüchtete und weiß deshalb nicht, was weiter mit ihr geschah.

Wir bewohnten sechs Zimmer, trotzdem besaß ich kein eigenes. Neben der Küche befand sich das Durchgangszimmer, mit dem Bad hinter der Tür, die genauso bemalt war wie die Wand; darin standen ein altes Sofa, eine ebenfalls alte, häßliche Anrichte und Fensterschränkchen, in denen meine Mutter die Vorräte aufbewahrte. Dann kam der Flur, und von ihm führte eine Tür zum Eßzimmer, zu Vaters Kabinett und zum Schlafzimmer meiner Eltern; durch eine besondere Tür gelangte man in die verbotene Zone – den Warteraum für Patienten und den Behandlungsraum meines Vaters. Ich wohnte also überall und nirgends. Anfangs schlief ich bei den Eltern, dann auf dem Sofa im Eßzimmer; ich versuchte, mich an einer Stelle fest anzusiedeln, aber irgendwie wollte mir das nicht gelingen. War es warm, dann besetzte ich den kleinen, steinernen Balkon, den ich von Vaters Arbeitszimmer aus erreichte. Von da führte ich Angriffe auf die Häuser der Umgebung, denn ihre rauchenden Schornsteine verwandelten sie in Kriegsschiffe. Genauso gern spielte ich dort Robinson oder eigentlich mich selbst auf einer unbewohnten Insel. Meine Interessen schlängelten sich von Anbeginn wie eine Ackerwinde rings um gastronomische Erfahrungen, so war das Sammeln von Lebensmitteln denn auch die Hauptsache: Maiskörner in kleinen Papiertütchen oder gar Puffbohnen, und wenn die Saison kam – Süßkirschen, den Rohstoff für meine Munition, denn mit ihren Kernen konnte man recht gut aus der Pistole schießen oder auch ganz gewöhnlich, indem man mit den Fingern darauf drückte. Manchmal waren es zähflüssige Kaffeetoffees, zuweilen Reste vom mittäglichen Nachtisch, die ich stibitzte. Umgeben von kleinen Tellern, Säckchen, Tütchen, begann ich das schwere, gefahrvolle Leben eines Einsiedlers zu führen. Als Sünder, Verbrecher gar hatte ich so manches, worüber ich nachdenken konnte. Ich hatte nämlich gelernt, in das mittlere Schubfach der Anrichte im Eßzimmer einzubrechen, wo meine Mutter die Kuchen und Torten aufbewahrte; ich nahm die obere Schublade heraus und bearbeitete mit dem Messer die Ränder des süßen Gebäcks mit solcher Berechnung, daß man die Verkleinerung auf den ersten Blick nicht bemerken konnte. Dann sammelte ich die Krümel auf und aß sie, und das Messer, das Werkzeug des Verbrechens, leckte ich sorgfältig ab, um die Spuren zu verwischen. Hin und wieder rang in mir die Vernunft mit der düsteren Leidenschaft, die ich für kandierte Früchte hegte, mit denen die Konditorwaren garniert waren, und so manches Mal plünderte ich die Zuckergußfläche. Ich entblößte sie von dem grünen, süß zwischen den Zähnen knirschenden Kalmus, von den Apfelsinenschalen und vom Zitronat, wodurch Kahlflächen entstanden, die sich nicht verbergen ließen. Ich wartete dann mit dem Gefühl der Hoffnungslosigkeit und zugleich mit stoischer Verzweiflung auf die Folgen der fatalen Tat.

Nachbarn meiner Balkonsiesten waren zwei Oleander in großen hölzernen Kübeln, von denen der eine weiß, der andere rosa blühte; ich lebte mit ihnen auf der Grundlage der Neutralität zusammen, ihre Anwesenheit ließ mich kalt. Im Inneren der Wohnung gab es ebenfalls ein paar degenerierte Pflanzen, ferne, zwergenhaft verkrüppelte Verwandte der Flora des Südens, eine Palme, die stets rostrot abstarb, aber nicht endgültig sterben konnte, einen Philodendron mit blechernen Blättern und eine winzige Tanne. Vielleicht war es auch eine Kiefer, ich weiß es nicht, jedenfalls trieb sie alle Jahre duftende blaßgrüne junge Nadelbüschel.

Im Schlafzimmer gab es zwei Dinge, mit denen meine frühesten Träumereien zusammenhängen – die Zimmerdecke und die große Eisentruhe. Als ganz kleines Kind habe ich dort geschlafen und oft zu jener Decke gestarrt, wo die Gipsstukkatur Eichenblätter und dazwischen deutlich hervorgehobene Eicheln vortäuschte. Meine Phantastereien vor dem Einschlafen verbanden sich irgendwie mit diesen Eicheln, und ich mußte oft an sie denken, das heißt, das Betrachten ihrer Formen nahm viel Platz in meiner psychischen Existenz ein. Es gelüstete mich sehr danach, sie zu pflücken, aber nicht wirklich, so als hätte ich schon damals begriffen, daß die Intensität der Träumereien wichtiger ist als ihre Verwirklichung. Übrigens ging etwas von jener infantilen Mystik auf die realen, gewöhnlichen Eicheln über;

das Abnehmen ihrer Käppchen erschien mir Jahre hindurch als ein besonderer Akt, der etwas Eigentümliches enthüllte, eine Art gewichtiger Veränderung. Ich mühe mich zwar ab, zu erläutern, wie wesentlich das für mich war – aber wohl vergebens.

Ja, in diesem Schlafzimmer waren meine Großeltern gestorben. Und ebendie Eisentruhe hatte der Großvater hinterlassen, einen schweren, großen, unnützen Gegenstand, ein häusliches Schatzkämmerlein aus Zeiten, in denen es noch keine professionellen Bankräuber gab, sondern nur sehr primitive Diebe, die sich in ihrer Unschuld höchstens einer Keule oder eines Schlagkolbens bedienten. Die Eisentruhe stand vor einer Tür, die ewig fest verschlossen war und das Schlafzimmer der Eltern vom Warteraum für die Patienten trennte. Sie hatten zwei breite Griffe und einen flachen Deckel, der mit irgendwelchen Blättern verziert und in der Mitte mit einer kleinen quadratischen Klappe versehen war. Wurde diese Klappe auf eine besondere Weise zur Seite gedrückt, so sprang sie zurück und gab das Schlüsselloch frei – die List, mit der es verborgen war, hatte, wie ich jetzt sehe, etwas rührend Biederes. Damals jedoch erschien mir die schwarze Truhe als das Werk raffinierter Spezialisten, und ihr Schlüssel, groß wie mein Unterarm, erweckte in mir höchste Bewunderung. Um ihn im Schloß drehen zu können, mußte ich lange, voller Ungeduld wachsen, bis mir das schließlich dank einem beidhändigen Griff und außergewöhnlichen Anstrengungen doch gelang.

Zwar wußte ich, daß die Truhe keine wirklichen Schätze barg; einige alte, vergilbte Zeitungen, verschiedene Papiere und eine Holzschachtel, gefüllt mit den wunderbarsten Tausendmarkbanknoten aus der Zeit der großen Inflation, lagen auf ihrem Boden. Ich versuchte sogar, mit diesen Banknoten zu spielen, auch mit Hundertrubelscheinen, die noch schöner waren als die Markscheine, von bläulicher Farbe waren sie und ziemlich lustig, während die anderen mit ihrer bräunlichen Färbung ein wenig an gewisse Tapeten erinnerten. Eine unfaßbare Geschichte hatte sich mit jenem Geld zugetragen und es plötzlich seiner Allmacht beraubt.

Wenn man sich wenigstens geweigert hätte, es mir zu geben, dann hätte ich vielleicht geglaubt, daß der Rest der Macht, der durch Zahlen, Siegel, Wasserzeichen sowie Porträts gekrönter und bärtiger Männer im Oval garantiert war, darin verblieben sei und nur einstweilen schlafe. Aber ich durfte mit dem Geld tun, was ich wollte, und deshalb weckte es nur Verachtung in mir, wie man sie gewöhnlich gegenüber einer Herrlichkeit empfindet, die sich endgültig als leerer Schein entpuppt hat. Auf diese Banknoten konnte ich also nicht zählen, lediglich darauf, was sich im Inneren der schwarzen Truhe ereignen konnte, wenn sie lange verschlossen blieb, und sie war eigentlich immer verschlossen, mit meiner stillschweigenden Billigung, um die mich natürlich niemand bat. O ja, dort im Dunkel der Truhe konnte immerhin etwas geschehen. Deshalb war ihr Öffnen ein Akt von beträchtlichem Gewicht, auch in wörtlicher Bedeutung. Der Deckel war ungeheuer schwer. Von drei Seiten ragten lange Riegel vor, man mußte ihn hochheben und ihn mit mehreren besonderen Bolzen stützen, andernfalls konnte er – wie man mir versicherte und was ich gern glaubte – einem beim Herabfallen den Kopf abschneiden. Von einer solchen Truhe war das zu erwarten. Sie war weder sympathisch noch angenehm, nicht einmal schön. Eher düster und häßlich, dennoch rechnete ich lange mit ihrer eigenen inneren Macht. In ihren Boden waren sinnreich Öffnungen gebohrt, damit man sie an dem Untergrund festschrauben konnte; ein vorzüglicher Einfall. Aber die jetzt überflüssigen Schrauben waren nicht mehr vorhanden; nach einiger Zeit wurde die Truhe mit einem kleinen alten Teppich bedeckt, auf diese Weise verwandelte sie sich endgültig in ein nebensächliches Möbelstück, und so degradiert, galt sie nichts mehr. Manchmal nur noch pflegte ich einem meiner Altersgenossen ihren Schlüssel zu zeigen – es hätte der Schlüssel zu einem Stadttor sein können. Schließlich ging auch er irgendwo verloren.

Der nächste Raum hinter dem Schlafzimmer, Vaters Kabinett, enthielt seinen großen Bücherschrank, der verglast und abgeschlossen war, dann die großen Ledersessel und einen runden Klubtisch, dessen Beine ziemlich interessant waren – sie erinnerten an Karyatiden, denn oben endete jedes in einem Metallknöpfchen, und unten ragten bloße, ebenfalls metallene Menschenfüße aus dem Holz, wie aus einem kleinen Sarg. Jedoch kam mir das überhaupt nicht makaber vor, es weckte überhaupt keine Gedankenverbindungen. Ich bröckelte einfach emsig alle Köpfe, hohle Bronzegüsse, der Reihe nach ab, die dann, nachdem ich sie wieder ungeschickt angebracht hatte, bei jedem Verschieben unter der Tischplatte schwankten.

An der Wand stand gesondert Vaters Schreibtisch, bedeckt mit einem grünen Tuch, verschlossen und verriegelt. Darin war das Geld, aber das richtige, übrigens in einer gewöhnlichen Schublade. Ziemlich selten barg er den in meinen Augen größeren Schatz – eine Schachtel Lardelli-Konfekt, das aus Warschau mitgebracht worden war, oder anderes, mit Fruchtmarmelade. Mein Vater mußte zuerst mit dem Schlüsselbund eine Manipulation vollführen, bevor eine von diesen Süßigkeiten, die allzu apothekarisch rationiert wurden, vor mir auftauchen konnte, während ich mit zwei widersprüchlichen Gelüsten zu kämpfen hatte – einerseits wollte ich das Angebotene blitzschnell verschlingen, andererseits die Vorfreude dieses Verschlingens möglichst lange auskosten. Gewöhnlich verputzte ich alles auf einmal. Im Schreibtisch waren noch zwei weitere seltsam schöne Dinge eingeschlossen. Ein winziger aufziehbarer Vogel in einer Schachtel, die mit Perlmutt ausgelegt war – er stammte angeblich von der Ostmesse und war das unverkäufliche Ausstellungsstück eines exotischen Standes gewesen. Als mein Vater sah, wie nach dem Drücken auf eine Miniaturtaste die flache Perlmuttklappe und darunter – in einem kleinen goldenen Gitter – die zweite aufging, wie von da ein Vögelchen, kleiner als ein Fingernagel, heraussprang, von blitzendem Gefunkel ganz dunkelregenbogenfarben, und sich, flügelschlagend, den Schnabel bewegend, mit den Äuglein schießend, wie ein Wetterhahn auf dem Kirchturm drehte und sang – da ließ er alle Mittel springen, setzte alle Bekanntschaften und alle Bemühungen in Bewegung, bis er schließlich jenes Kleinod für eine mir unbekannte, aber horrende Summe erwarb. Es wurde nur sehr selten aus seinem Verschluß hervorgeholt und aufgezogen, dabei achtete man sorgsam darauf, daß ich es nicht in die Hände bekam. Es stand nämlich fest, daß dann die letzte Stunde für das Vögelchen geschlagen hätte, wie sehr ich auch mit mir kämpfen mochte, denn ich bewunderte es nicht weniger als mein Vater, ich verehrte es sogar. Ein sehr wichtiger Vertreter einer überseeischen Firma, höchstwahrscheinlich ein Japaner, hatte das Vögelchen meinem Vater verkauft. Dieser Version der Ereignisse wenigstens blieb ich treu.

Eine Zeitlang hielt sich im Schreibtisch ein anderes, etwas gewöhnlicheres Vögelchen auf, von der Größe eines Sperlings, das ebenfalls aufzuziehen war, aber keine musikalischen Fähigkeiten besaß, sondern nur eifrig den Tisch pickte, wenn man es darauf stellte. Auf mein inständiges Bitten durfte ich es einmal für längere Zeit behalten – das war sein Ende. In Vaters Schreibtisch befanden sich außerdem noch kleine Bibelots, von denen ich mich am besten an eine Brille erinnere, die nicht größer war als ein kleines Streichholz, aus goldenem Draht, mit Rubinen als Gläsern, in einem ebenso goldenen Futteral. Andere, weniger wertvolle, standen in einer Glasvitrine im Eßzimmer. Das waren Erzeugnisse der Miniaturisierungskunst – ein winziges Tischchen mit Schachbrett und Schachfiguren, die ein für allemal aufgestellt waren, ein Käfig mit Hühnchen, eine Geige (ich riß ihre Saiten heraus) und verschiedene Kleinigkeiten aus Elfenbein, irgendwelche Möbel, ein Ei, das man öffnen konnte und das eine Menge zusammengedrängter Figürchen zeigte, dann noch Silberfischchen, die aus hohlen Blechgliedern gefertigt waren, so daß man sie nach zwei Seiten biegen konnte, außerdem bronzene, gepolsterte Sesselchen; jede Sitzfläche hatte die Größe eines Daumens, war aus Samt und überaus weich.

Ich begreife selbst nicht, wie es kam, daß die meisten dieser Gegenstände Jahre hindurch meine aktive Anwesenheit einigermaßen überstanden. Aber ich will nun zum Arbeitszimmer zurückkehren, zu seinen alten, großen Sesseln; in den engen, jedoch tiefen Ritzen zwischen Lehne und Sitz hatten sich mit der Zeit verschiedene Gegenstände angesammelt – eine Goldmünze, eine Nagelfeile, ein Teelöffel, ein Taschenkamm, ich angelte all das mit größter Mühe heraus, wobei ich mir die Finger verrenkte und den Sesseln die gegliederten Sprungfedern herausbrach, die wie im Todeskampf ächzten, umgeben von dem Geruch des toten Leders, des Polstererleims, der rauhen Leinwand, aber der Anlaß dazu war für mich nicht so sehr ein solcher Fund selbst als vielmehr die vage Hoffnung, ganz andere Gegenstände zu finden, die womöglich von selbst entstanden und mit unbeschreiblichen Merkmalen ausgestattet waren. Deshalb mußte ich auf alle Fälle allein sein, wenn ich mit stiller Wut an die Folterung der vom Alter nachgedunkelten Faulpelze ging. Der Umstand, daß ich in ihnen nichts Unheimliches entdeckte, kühlte meinen Eifer keineswegs ab.

Bereits an dieser Stelle scheint es wohl geboten zu sein, die ersten Grundsätze der Mythologie, der ich mich damals hingab, vorzustellen. Ich glaubte nämlich, ohne daß ich jemandem dieses Geheimnis beichtete, daß die toten Gegenstände nicht weniger gebrechlich als die Menschen und somit auch vergeßlich seien und daß man sie bei einer hinlänglichen Dosis Geduld überraschen und sie unter anderem dazu zwingen könnte, sich zu vervielfältigen. Wenn nämlich, angenommen, das in der Schublade liegengelassene Taschenmesser vergißt, wo es zu sein hat, wird man es an einer völlig anderen Stelle, zum Beispiel zwischen den Büchern auf dem Regal, finden können; weil es nun aber nicht fähig ist, sich aus der Schublade zurückzuziehen, wird es sich in dieser ausweglosen Lage ganz gewöhnlich verdoppeln, und es werden zwei Messer dasein. Somit war, nach meiner Auffassung, für die Gegenstände eine gewisse Logik der Notwendigkeit verbindlich, sie mußten sich an bestimmte Regeln halten, und nur wer sie vortrefflich kannte, konnte die scheinbar tote Materie zu den gewünschten Reaktionen bewegen. Ich habe lange an dem hier geschilderten Glauben gehangen, auf eine etwas dunkle, etwas gedankenlose und auch unbewußte Weise – und ich sehe mich außerstande, zu behaupten, daß ich ihn restlos abgelegt habe.

Der Bücherschrank lockte mich, weil er verschlossen war.

Er enthielt vor allem medizinische Bücher, die anatomischen Atlanten meines Vaters, dessen Zerstreutheit ich es verdanke, daß ich mich durch sie solide und methodisch über die Unterschiede, die zwischen den Geschlechtern bestehen, aufklären konnte. Eigenartigerweise fesselten mich jedoch weit mehr die Osteologiebände. Ich fand keinen Gefallen an dem Menschen, der seiner Haut beraubt war, so wie ihn die blutigroten oder ziegelroten myologischen Tafeln darstellten; er hatte etwas vom Blut, von rohem Beefsteak, das ich nicht essen mochte, wovor ich mich ekelte. Dagegen waren die Skelette sehr reinlich und ordentlich. Ich weiß nicht mehr, wie alt ich war, als ich zum erstenmal in jenen schwarzen Bänden im Quartformat mit den großen, gelblich getönten Stichen der Schädel, Rippen, Becken und Schenkelknochen blätterte. Jedenfalls fürchtete ich mich nicht vor diesen Totengerüsten und vor ihrem Baustoff, aber dieses Studium bereitete mir auch keine spürbare Annehmlichkeit. Es war ein wenig wie das Betrachten von Katalogen großer Kinderbaukästen, wo zuerst einzelne Achsen, Hebel und Räder aufgezeichnet sind und dann, auf den folgenden Seiten, Konstruktionen gezeigt werden, die man daraus zusammensetzen kann. Womöglich appellierten die osteologischen Atlanten an meinen Erfindergeist, der übrigens erst später erwachen sollte. Ich habe diese Bände ausgewertet und kann mich an manche Abbildungen noch heute erinnern, zum Beispiel an die knochigen Füße der Skelette; die Knöchel wurden von Bandstreifen zusammengehalten, die, vielleicht zur größeren Deutlichkeit, bläulich gefärbt waren.

Mein Vater war Laryngologe, daher galten die meisten dicken Bände im mittleren Teil des Bücherschranks den Krankheiten von Hals, Nase und Ohren. Diese Organe und ebenso ihre Leiden verachtete ich insgeheim und diskret als zweitrangig, worüber ich mir eigentlich erst heute klargeworden bin. Dort war auch eine Edition, die monumentalste der gesamten Büchersammlung, ein deutsches „Handbuch der Otorhinolaryngologie", in einem Dutzend Bänden. Keiner zählte weniger als tausend kreidefarbene Seiten. Ich konnte darin Menschenköpfe in unzähligen Phasen der Aufspaltung sehen, mit ihrer ganzen, höchst gewissenhaft gezeichneten und gefärbten Maschinerie; mich reizten auch die Hirnporträts, deren einzelne Windungen sich durch alle möglichen Farben voneinander unterschieden. Wie unvernünftig, wie instinktiv wunderte ich mich viele Jahre später, als ich zum erstenmal im Prosektorium ein natürliches Hirn zu sehen bekam (das heißt, als anatomisches Präparat), daß es gar nicht so papageienhaft bunt war.

Da man mir diese anatomischen Sitzungen verboten hatte, mußte ich sie auf besondere Weise organisieren. Genaue taktische Planung von Handlungen braucht durchaus kein Privileg der Erwachsenen zu sein – wenn das Kind nur gehörig an ihrer Organisation interessiert ist. Ich saß wie ein Reiter auf der großen Sessellehne, die bei jeder meiner Bewegungen ledern raschelte, von der Tür her durch die offene Bücherschranktür gedeckt, um immer beteuern zu können, daß ich sie gerade erst geöffnet hätte, stützte den Band auf die Sessellehne, um ihn möglichst geschickt und schnell an den richtigen Platz schieben zu können, und widmete mich in dieser Stellung meinen Studien. Interessant, was ich damals wohl gedacht haben mag; mich reizte die außerordentliche Reinheit und Präzision der Zeichnungen – wieder kam die Enttäuschung erst nach Jahren, als ich, der Medizinstudent, merkte, daß ich in Vaters Kabinett nichts als Idealisierungen und Abstraktionen des Nervenverlaufs und der Muskelansätze betrachtet hatte. Ich entsinne mich auch nicht, das Betrachtete jemals mit meinem eigenen Körper in Verbindung gebracht zu haben. An diesen großen Bildtafeln war nichts Beunruhigendes – vielleicht lag das an der Sachlichkeit, der Bruchstückhaftigkeit, der scharfsinnigen Vielseitigkeit, die in den schweren Bänden selbst dann gegenwärtig waren, wenn sie nicht nur die anatomischen Einzelheiten, sondern auch die skizzierten Enden der Finger und der stumpfen oder spitzen Haken zeigten, die zur besseren Einsichtnahme die Lappen der aufgeschnittenen Haut auseinanderzogen. Es waren auch andere Bücher da, deren Abbildungen sicherlich entsetzlich aussahen, aber die waren eben zu schrecklich, so daß ich sie ebenfalls nicht fürchtete. Sie zeigten Kriegsverletzungen an menschlichen Gesichtern; da gab es Köpfe ohne Nasen, ohne Kiefer, ohne Ohrmuscheln und sogar buchstäblich Gesichter ohne Gesicht, von denen nur die Augen übriggeblieben waren, zwischen narbigen Überwucherungen, mit einem Ausdruck, der mir nichts sagte. Ich konnte ihn ja mit nichts vergleichen, er erinnerte mich an nichts. Vielleicht lief es mir auch kalt über den Rücken, wenn ich mir solche Illustrationen ansah, aber wohl nur so wie beim Anhören von Märchen – und darin geschehen ja gewöhnlich entsetzliche Dinge. So war dieser Schauder für mich nichts Besonderes, im Grunde war er erwünscht und durchaus angenehm. Mehr noch, manches in diesen Werken, nämlich das, was der Prothetik gewidmet war, belustigte mich; sie zeigten künstliche Nasen, die an Brillen angehängt wurden, Ohren an Bändern, Gesichtsmasken, die ein angedeutetes, harmloses Lächeln imitierten, kunstvolle Stopfen für durchlöcherte Wangen, Zahnprothesen, Gaumenersatz. Das mutete mich an wie eine Maskerade, wie ein Spiel der Erwachsenen, das nicht ganz verständlich ist, wie eben viele ihrer Bräuche, aber ich argwöhnte darin nichts Böses oder gar Schändliches, das wäre mir gar nicht in den Sinn gekommen.

Eigentlich beunruhigte mich nur ein Gegenstand ein wenig, kein Buch: Auf einem Regal lag nämlich vor den vergoldeten Buchrücken der dicken Bände ein Schläfenbein, ein ausgelaugtes Präparat, das das Resultat der sogenannten restlosen Mittelohroperation darstellte, mit einem ausgemeißelten Warzenfortsatz. Davon hatte ich natürlich keine Ahnung, und lediglich dieser Knochen, der seinem Gewicht nach und in der Berührung ein wenig jenen Knochen glich, die manchmal auf dem Boden der Suppenterrine mit Brühe zurückblieben, zwang zum Nachdenken, zumal an dieser Stelle entdeckt, als wäre er absichtlich dorthin gelegt worden. Er ängstigte mich sogar ein wenig, denn er hatte einen besonderen Geruch, vor allem nach Staub, nach Büchern, nach Bücherschrank, aber es sickerte ganz fein noch ein anderer hindurch, etwas süßlich, auch etwas faulig. Manchmal schnupperte ich lange daran, als wollte ich begreifen, was das eigentlich war, als sei der Geruchssinn derjenige meiner Sinne, der mich am weitesten führen könnte. Zu guter Letzt weckte das Ganze einen leichten Ekel in mir, also legte ich den Knochen wieder weg, wobei ich darauf zu achten hatte, daß ich ihn auf dasselbe Regal placierte wie vorher.

In den unteren Fächern ruhten Stöße zerfledderter, aufgeschnittener französischer Romane ohne Umschläge und auch einige Magazine – eines davon hieß „Uhu" und war in deutscher Sprache geschrieben. Der Umstand, daß ich die Titel lesen konnte, vermag mir keineswegs bei der Festlegung der Chronologie jener Betätigungen zu helfen, denn gedruckte Buchstaben konnte ich bereits mit vier Jahren lesen. Ich blätterte die zerfallenden, broschierten französischen Romane nur deshalb durch, weil sie illustriert waren, und zwar recht frivol, im Stil fin-de-siècle. Es mußten pikante Geschichten darin enthalten sein, doch das ist eine Schlußfolgerung aus der Gegenwart, eine späte Rekonstruktion, die sich auf Erinnerungen stützt, welche im Lauf der Zeit schon stark verblaßt sind. Auf manchen Seiten konnte man nämlich feine Damen und Herren in eleganten, distinguierten Posen sehen, und ein paar Blätter weiter machten diese vornehmen Haltungen plötzlich einer in Spitzen versinkenden Saloppheit Platz, jemand flüchtete durchs Fenster, verlor dabei die Hosen, entkleidete Damen in langen schwarzen Strümpfen liefen im Zimmer umher; ich erkenne jetzt, daß die Nachbarschaft beider Arten von Büchern recht merkwürdig war, und die Reihenfolge, in der ich das alles überflog, ist bis zum Makabren erheiternd, wenn ich, der Reiter auf dem Sessel, ohne die geringste Mühe und ohne zu zögern, fließend von Skeletten zu frivoler Erotik überwechseln konnte. Ich akzeptierte das indes wie die Wolken, wie die Bäume, denn ich lernte ja unablässig alles, mußte mich an alles gewöhnen, und nichts geriet bei mir eigentlich miteinander in Widerstreit.

Ganz unten lag ein langes Blechrohr mit einem breiteren Ende, und darin stak eine Rolle besonders dicken, gelblich getönten Papiers, von der eine geflochtene, schwarzgelbe Schnur zu einem flachen Büchschen führte, das so etwas wie ein kleines hellrotes Törtchen enthielt, mit plastischem Relief und mit Aufschriften. Das war das Arztdiplom, auf Pergament, es begann erhaben mit gesperrt geschriebenen Wörtern in riesigen Lettern SUMMIS AUSPICIIS IMPERATORIS AC REGIS FRANCISCI JOSEPHI . . ., und das Törtchen, das ich behutsam ein und ein zweites Mal angeschnitten, aber weiter nicht mehr probiert hatte, weil es nämlich nicht schmeckte, stellte ein großes Wachssiegel der Universität von Lwów dar. Selbstverständlich wußte ich zuerst nur, daß sich in dem Rohr ein Diplom befand, weil mein Vater es mir so gesagt hatte, obwohl ich nicht begriff, was es bedeutete, ich selbst durfte es auch nicht aus dem Rohr herausziehen (ich wollte nur nicht so recht glauben, daß das Pergament wirklich eine bearbeitete Eselshaut sei). Später konnte ich schon ein paar Worte lesen, ohne jedoch etwas davon zu verstehen. Wohl bereits in der ersten Gymnasialklasse vermochte ich diese erhabenen Worte zu übersetzen; ich erzähle das, weil an dem Beispiel des Diploms deutlich der Prozeß des ständig erneuerten, mannigfachen Erkennens von Gegenständen und Erscheinungen, den ich stufenweise wie von Etage zu Etage durchmaß, zutage tritt; jedesmal lernte ich die nächste Version einer Angelegenheit oder Sache kennen, was an sich noch nicht außergewöhnlich ist. Das kennt jeder, denn jeder hat zuerst die Version mit dem Klapperstorch und dann erst die realistischere seiner eigenen Entstehung kennengelernt. Aber die Sache ist die, daß alle vorherigen Versionen, obwohl sie, wie jene mit dem Storch, ganz offenkundig falsch sind, nicht spurlos verschwinden, wenn sie verworfen wurden. Etwas bleibt davon in uns, sie verzahnen sich mit den nächstfolgenden, verflechten sich mit ihnen, sind mit einem Wort irgendwie weiterhin gegenwärtig, doch das ist noch nicht alles. Gewiß, wenn es sich um Tatsachen handelte, wie im Fall des Diploms meines Vaters, dann ist es nicht schwer, die richtige Version festzustellen, die einzige, die zählt. Anders verhält es sich mit den Erlebnissen. Jedes hat sein Eigengewicht und seine Berechtigung, die unwiderruflich und von nichts abhängig ist, außer von sich selbst, und hier ergibt sich eine Schwierigkeit, weil nämlich das Gedächtnis der einzige Wächter und Garant ihrer Authentizität in der

Erinnerung ist. Gewiß – man könnte behaupten, es gebe „inadäquate Erlebnisse“, wie etwa meine Phantastereien über die schwarze Eisentruhe. Aber nicht immer läßt sich jene Begründung der letzten Instanz durchführen.

Hinter dem Seitenflügel der Tür in Vaters Bücherschrank standen dicht zusammengedrängt Bücher, deren Reihen ich erst gar nicht in Angriff nahm, nachdem ich mich einmal davon überzeugt hatte, daß es dort keine Bilder gab. Ich erinnere mich an die Farbe und an das Gewicht einiger von ihnen, an weiter nichts. Was gäbe ich dafür, zu erfahren, was eigentlich mein Vater dort gesammelt, was er gelesen hatte, doch die Bibliothek wurde vom Chaos des Krieges vollends verschlungen, und es blieb keine Spur von ihr zurück; später geschah dann so viel und in einer Weise, daß ich nie danach gefragt habe. Also muß die Version des Kindes, die primitive, falsche, die eigentlich überhaupt keine war, für mich hier die letzte bleiben, und das gilt nicht nur für jene Bücher, sondern für eine ganze Menge von Angelegenheiten, die oft dramatisch waren und die sich über meinem Kopf abspielten. Wollte ich sie rückwärtsblickend rekonstruieren, Schlüsse aus ihnen ziehen und Vermutungen anstellen, so würde das eine riskante Arbeit werden, womöglich gar ein Phantasieren, und zwar nicht vom Standpunkt des Kindes. Ich denke also, daß ich auf solche Bemühungen verzichten sollte.

Das Eßzimmer enthielt, wie ich bereits erwähnt habe, außer einer unscheinbaren Garnitur Stühle nebst Tisch, der für größere Empfänge auseinandergezogen wurde, auch die wichtige Anrichte, den Ort der Süßspeisen, ein Schränkchen mit „Nippes“, dem Hobby meiner Mutter, sowie einen flauschigen Teppich unterm Fenster, auf dem ich mich später gern herumflätzte und Bücher las, die bereits mir gehörten. Weil aber das Lesen selbst zu passiv, zu einfach war, pflegte ich ein Stuhlbein auf meine Wade, in die Kniekehle oder auf die Fußsohle zu stellen und damit werfend zu jonglieren, und zwar so, daß sich der Stuhl ständig an der Grenze des Gleichgewichts in der Balance hielt. Manchmal mußte ich die Lektüre gewaltsam unterbrechen, um den fallenden Stuhl aufzufangen, weil sein Gepolter sonst unnötig die Aufmerksamkeit der Hausgenossen auf mich gezogen hätte. Aber ich bin schon zu weit vorausgeeilt, das systematisch zu vermeiden fällt mir jedoch sehr schwer.

So weit ich auch zurückblicke, erinnere ich mich, daß ich ziemlich oft krank war. Verschiedene Mandelentzündungen und Bronchiten zwangen mich ins Bett, und das war im allgemeinen die Zeit erheblicher Privilegien. Nicht nur, weil sich dann alles um mich drehte, nicht nur, weil mich mein Vater ausführlich nach meinem Befinden befragte und dabei gewisse Meßwerte und vereinbarte Zeichen festlegte, die mit außergewöhnlicher Präzision die Beschaffenheit meines Zustands in imaginären Graden einer nicht existenten Skala bestimmen sollte, sondern ich war überdies das Objekt komplizierter Bemühungen. Nicht alle rechnete ich zu den angenehmen, denn man konnte schwerlich das Trinken heißer Milch mit zerlassener Butter so bezeichnen, aber schon die Inhalationen bildeten eine erhebende Zerstreuung. Zuerst brachte man mir eine große Schüssel, in die heißes Wasser gegossen wurde, dann träufelte mein Vater etwas ölige Flüssigkeit aus einem kleinen Fläschchen mit einem glattgeriebenen Korken dort hinein und begab sich in die Küche, wo man unterdessen schon einen gußeisernen Ring der Kochherdplatte in den Flammen erhitzte. Sobald dieser zur Rotglut gebracht war, nahm er ihn mit einer Zange und ließ ihn in die Schüssel fallen; meine Pflicht war es dann, eifrig die Dampfschwaden einzuatmen, die nach dem aromatischen Öl rochen. Ein herrlicher Anblick, dieses wütende Sieden des Wassers, dieses Zischen des kirschroten Eisens, von dem geschwärzte Schlackeschuppen abfielen. Obendrein nutzte ich die Situation noch insofern aus, als ich alles, was in meiner Reichweite war, zum Beispiel eine Ente aus Zelluloid oder den hölzernen Federkasten, in die Schüssel warf.

Ich hoffe, daß ich keine Leiden simulierte, die ich nicht hatte. Versuchungen hierzu muß es wohl gegeben haben, da mir mein Vater, wenn ich krank war, eigentlich nichts abschlagen konnte; das Vögelchen in dem Perlmuttschächtelchen sang dann für mich, ich durfte mich an der goldenen Brille mit dem Rubinauge erfreuen und mit ihr spielen, und kehrte mein Vater aus dem Krankenhaus heim, so brachte er ganze „Spielzeugpakete" mit. Ich kann also ohne jede Übertreibung behaupten, daß ich, ein wenig wie manche Frauen, den größten Gewinn aus dem Liegen im Bett zog. Einer Angina verdanke ich, daß ich ein Auto bekam – einen Giganten, eine hölzerne Limousine, die so groß war, daß ich selbst darauf fahren konnte, wenn ich mich rittlings aufs Dach setzte. Gewiß, authentischere Krankheiten, wie der Stein, der sich in meiner Blase gebildet hatte, bewirkten mit ihren Schmerzen und ihrem Fieber, daß alle Geschenke und Zerstreuungen nur eine ungenügende Versüßung meines Daseins darstellten. Aber so oder so, ich genas wieder.

Wenn ich gesund war, brachte ich viel Zeit nur mit mir allein zu. Ich durchstöberte gern die Wohnung, wobei ich auf allen vieren kroch, am besten fühlte ich mich nämlich, wenn ich mir vorstellte, ich sei ein Tier; und ich befaßte mich mit dieser Tierschauspielerei so feierlich und so gründlich, daß sich dicke, harte Schwielen auf meinen Knien bildeten, die ich noch hatte, als ich die oberen Klassen der Volksschule besuchte.

Es ist an der Zeit, meine häßlichen Gewohnheiten zu beschreiben. Meine schändlichste Tat war die Zerstörung einer wunderhübschen kleinen Spieldose, einer glänzenden hölzernen Schachtel, in der sich unter einem Scheibchen goldene gezähnte Rädchen drehten und eine goldene Messingwalze mit Stacheln so anstießen, daß daraus helle kristallreine Melodien entstanden. Nicht lange hatte ich mich dieser Herrlichkeit erfreut. Mitten in der Nacht stand ich auf, offenbar voller Entschlossenheit, denn ich überlegte nicht erst lange, hob den gläsernen Deckel hoch und pinkelte hinein. Es gelang mir später nicht, den besorgten Hausgenossen die Motive dieses nihilistischen Aktes zu erklären. Ein Freudianer hätte mir sicherlich einen entsprechend klingenden Fachausdruck verpaßt. Jedenfalls bedauerte ich das Verstummen der Spieldose nicht weniger aufrichtig als so mancher Lustmörder sein frisches Opfer.

Leider war diese Tat keine Einzelerscheinung. Ich besaß einen kleinen Müller, der, wenn er aufgezogen wurde, einen

Sack Mehl auf die Spitze einer Leiter zum Speicher hinaufschleppte, dann herunterstieg, um den nächsten zu holen, ihn wieder hinauftrug, und das so bis in die Unendlichkeit weitertrieb, weil die hineingeworfenen Säcke unterdessen bis vor die Leiter hinunterfuhren. Ich besaß auch pickende Vögel, Karussells, die sich drehten, Rennautos, Puppen, die Purzelbäume schossen – all das zerlegte ich erbarmungslos, indem ich die Rädchen und Sprungfedern unter den leuchtenden Farben hervorholte. Die magische Lampe der Firma Pathé mit einem emaillierten gallischen Hahn mußte ich mit einem schweren Hammer bearbeiten, und die dicken Linsen des Objektivs widersetzten sich lange seinen Hieben. Ein gedankenloser, abscheulicher Dämon der Vernichtung wohnte in mir; ich habe keine Ahnung, woher er gekommen war, ebenso wie ich nicht weiß, was später mit ihm geschah.

Als ich etwas, aber eben nur etwas größer geworden war, wagte ich es nicht mehr, einfach so mit kindlicher Unschuld, die ich offenbar verloren hatte, zum Mordwerkzeug zu greifen und draufloszustechen. Nunmehr suchte ich mir verschiedene Ausflüchte aus. Zum Beispiel die, daß da drinnen etwas reguliert, verbessert, untersucht werden müsse. Das war ein billiger Vorwand, denn natürlich hätte ich das nicht nur nicht bewerkstelligen können, sondern ich habe es nicht einmal versucht. Dabei glaubte ich jedoch, daß ich das Recht hatte, so zu verfahren, und als meine Mutter einmal heftig protestierte, weil ich begonnen hatte, einen Nagel in die Anrichte zu schlagen (ich brauchte für meine Drahtseilbahn einen Haken), klagte ich lange und bitter über sie. Aus dem Bereich der totalen Vernichtung war nur eine Puppe männlichen Geschlechts ausgeschlossen, Wicuś mit Namen, ein schmächtiges Bürschchen voller Sägespäne, rotblond; ich nähte selbst die Garderobe und die Schuhe für ihn, und er trieb sich dann wohl bis zum Ausbruch des Krieges in der Wohnung herum. Einmal, in einem Anfall hemmungsloser Begierde, habe ich ihn untersucht, aber gleich darauf nähte ich ihm das Loch im Bauch zu, vielleicht war es auch eine abgerissene Hand, ich weiß es nicht mehr so genau. Ich unterhielt mich viel mit ihm, aber darüber haben wir nie gesprochen.

Ich hatte keinen eigenen Winkel, also machte ich mich mit zunehmender Unverschämtheit in allen Zimmern breit. Nicht aufgelutschte Bonbons (Toffees) klebte ich gewöhnlich unter das Tischblatt, wo die süßen Fossilien mit den Jahren wahre geologische Hügel bildeten. Aus den Anzügen meines Vaters, die ich aus den Schränken holte, fertigte ich Mannequins auf Sesseln und Stühlen an, indem ich ihnen mit großer Mühe Papierrollen in die Ärmel stopfte und alles, was mir in die Hände fiel, mitten hineinpackte. Wenn die Kastanien reiften, versuchte ich mit diesen schönen Früchten irgend etwas anzufangen, denn ich war von ihnen so begeistert, daß ich nie genug davon bekam; sie fielen bereits unter dem vollgestopften Hemd hervor, und ich steckte immer wieder neue in die Taschen, in die Unterhosen. Aber ich überzeugte mich bald, daß die Kastanien nur im Freien schön waren und wie Spiegel glänzten, denn sowie sie in der Schachtel gefangengehalten wurden, schrumpften sie rasch, wurden matt und häßlich. Mit den Kaleidoskopen, die ich auftrennte, hätte man wohl ein ganzes Waisenhaus beschenken können, dabei wußte ich, daß es darin nichts außer einer Handvoll zersplitterter Gläschen gab.

Abends sah ich gern vom Balkon aus zu, wie sich die dunkle Straße mit Lichtern belebte. Von irgendwoher tauchte geräuschlos der Lampenwärter auf, hielt an jeder Laterne für einen Augenblick inne, hob seine Stange hoch, und schon entfaltete sich ein kleines Lichtwürmchen zu einer bläulichen Flamme. Eine Zeitlang wollte ich Laternenwärter werden.

Von den zwei Mächten, den beiden Kategorien, die uns ihre Gewalt aufzwingen, wenn wir, Gott weiß wie, auf der Welt erscheinen, ist trotz allem der Raum weit weniger unfaßbar. Gewiß, auch er unterliegt Wandlungen, doch ist ihr Wesen einfach: Der Raum tut nichts weiter, als daß er im Laufe der Zeit zusammenschrumpft. Deshalb auch verringerte sich die Fläche unserer Wohnung allmählich, ebenso der Jesuitengarten oder der Sportplatz des II. Staatlichen Gymnasiums, das den Namen Karol Szajnochas trug und das ich acht Jahre lang besuchte. Zwar fiel es mir leicht, diese Wandlungen nicht zu bemerken, denn gleichzeitig wuchs auch meine selbständige Aktivität, ich bewegte mich in Lwów immer freier, so war denn das Einlaufen einzelner mir wohlvertrauter Stellen durch ganze Serien von immer weiter reichenden Eskapaden verhüllt. Daher wird man sich der Reduzierung der Dimensionen erst verhältnismäßig spät bewußt. Der Raum ist solide, einmalig, bar aller Gruben und Fallen, hingegen ist die Zeit ein feindliches, echt heimtückisches Element, ja sogar, wie ich behaupten möchte, der menschlichen Natur zuwider. Zunächst, und zwar Jahre hindurch, hatte mir die Unterscheidung solcher Begriffe wie „morgen" und „gestern" große Schwierigkeiten bereitet. Ich gestehe, was ich bisher noch nie getan habe, daß ich beide sehr lange im Raum lokalisiert habe. Ich glaubte, daß das Morgen sich oberhalb der Decke befinde, gleichsam im nächsten Stockwerk, und daß es sich nachts, wenn alle schliefen, auf das richtige Niveau herablasse. Zwar wußte ich gleichzeitig, daß es in der dritten Etage gar kein Morgen gab, weil dort eine Familie wohnte, die eine erwachsene Tochter sowie eine goldglänzende Schachtel voll grünlicher Bonbons hatte, die einem an den Fingern klebenblieben. Eigentlich schmeckten mir diese Bonbons gar nicht, da sie den Mund mit der Arktik des Eukalyptusgeschmacks füllten, trotzdem hatte ich es gern, wenn man mir welche schenkte, und zwar wegen der Nebenumstände. Sie wurden nämlich im Schubfach eines Schreibtisches aufbewahrt, der mit einem hölzernen Rolladen versehen war, und der donnerte wie ein Wasserfall, wenn er herunterrasselte, um mit seinen gewölbten Rippen das Tischblatt zu verdecken. Ich begriff somit, daß es mir nicht gelingen würde, das Morgen in flagranti zu ertappen, wenn ich hinaufging, und ebenso wurde mir klar, daß es kein Gestern unter uns gab, weil dort die Hausbesitzer wohnten. Dennoch hegte ich irgendwie die Überzeugung, daß das Morgen über uns und das Gestern unter uns sei – wobei sich dieses Gestern keineswegs im Nichts aufgelöst habe, sondern irgendwo unter meinen Füßen verödet weiter währe. Dieses Bild enthielt zweifellos einen Widerspruch, doch er störte mich nicht im geringsten.

Aber all das sind nur einleitende Bemerkungen und, fügen

wir es hinzu, Bemerkungen von elementarer Natur. Ich habe das Haustor in Erinnerung, die Türen, die Flure und die Zimmer dieses Hauses in der Brajerowskastraße, in dem ich geboren wurde, ich entsinne mich auch zahlreicher Personen und auch der erwähnten Nachbarn, aber sie alle sind ohne Gesicht, weil sich diese Gesichter veränderten, und mein Gedächtnis, das sich der Unvermeidlichkeit solcher Veränderungen unbewußt war, stand ihnen ratlos gegenüber wie ein Fotoklischee gegenüber einem sich bewegenden Objekt. Gewiß, ich kann mir meinen Vater greifbar vorstellen, aber schärfer als seine Züge sehe ich seine Gestalt, seinen Anzug, denn die Bilder aus vielen Jahren haben sich übereinandergeschichtet, und ich weiß nicht, wie ich ihn sehen möchte, völlig ergraut oder noch als rüstigen Fünfziger, und so verhält es sich eben mit allen, in deren Gegenwart ich lange genug verweilt habe. Unsere völlige Wehrlosigkeit gegenüber der Zeit erweist sich erst dann, wenn Fotos und Porträts abhanden kommen; wie sie wirkt, kann man früh genug und rasch erfahren, aber das ist nur ein theoretisches Wissen und eigentlich zu nichts nütze. Bereits mit fünf Jahren wußte ich ja, was alt und was jung bedeutet, denn es gab alte Butter und junge Radieschen, ich wußte auch manches über die Wochentage, sogar über die Jahre (die Jahreszahlen hatten in meiner Vorstellung Farben – die zwanziger Jahre waren hell, dann, auf die Neun zu, wurden sie dunkler), und doch glaubte ich im Grunde an die Unveränderlichkeit meiner Umgebung. Vor allem an die der Menschen. Damit, daß die Erwachsenen nicht immer erwachsen gewesen sind, konnte ich mich nicht befreunden. Mich wunderten sogar die Verkleinerungsformeln ein wenig, mit denen sie einander anredeten, mir kam das unpassend vor. Verkleinerungen waren doch nur für Kinder bestimmt – es erschien mir unsinnig, wenn ein Greis zu einem anderen Greis „mein lieber Staś“ sagte. Und wenn ich davon niemandem erzählte, dann nur, weil ich fühlte, daß mich sowieso niemand verstehen würde.

So war die Zeit denn ein Abgrund, unbeweglich in sich selbst, gleichsam machtlos, untätig. In ihr geschah sehr viel, viel wie in einem Meer, doch sie selbst schien stillzustehen.

Jede Schulstunde bildete so etwas wie einen Atlantischen Ozean, den man mit dem Mut der Selbstverleugnung im Herzen durchqueren mußte; von einem Klingelzeichen zum anderen vergingen Ewigkeiten, die mit Gefahren gespickt waren. Was sollte man erst zu den Ferien sagen, die zwischen Juni und September eine ganze Epoche darstellten. Ich berichte von dieser für mich jetzt eigentlich unglaubwürdigen Ausdehnung der Stunden- oder Tagesdauer, als hätte ich das nur von jemandem gehört, und nicht, als hätte ich es selbst erfahren – weil ich mir das weder versinnbildlichen noch vorstellen kann. Ganz unmerklich begann sich alles dann immer schneller abzuspielen, und es sage mir keiner, daß die Eindrücke lügen, weil die physische Zeit mit der biologischen nichts gemein hat. Was geht uns, außerhalb der Physik, die Zeit der Elektronen und der Zahnräder an? Stets schien mir in dieser Unterscheidung eine tückische List verborgen zu sein, ich glaubte die Nichtswürdigkeit zu spüren, die durch die Methoden einer Berechnung, mit der alle Veränderungen ausgeglichen wurden, verschleiert war. Wir erscheinen auf der Bildfläche voller Vertrauen, daß alles so sei, wie wir es sehen, daß nur das geschehe, was unsere Sinne augenscheinlich bezeugen, und dann stellt sich heraus, ohne daß man wüßte, wie und wann, daß die Kinder erwachsen werden und die Erwachsenen zu sterben beginnen.

2

Ich weiß nicht, ob bereits völlig klar ist, daß ich ein Tyrann war. Norbert Wiener begann seine Biographie mit den Worten *I was a child prodigy* – ich war ein Wunderkind; ich könnte nur behaupten *I was a monster* – ich war ein Ungeheuer. Nun gut, Ungeheuer ist vielleicht ein wenig übertrieben, aber daß ich meine Umgebung terrorisiert habe, vor allem als ganz kleiner Junge, das stimmt. Ich war bereit, zu essen, wenn mein Vater auf dem Tisch stand und abwechselnd den Schirm auf- und zumachte, oder ich ließ mich nur unter dem Tisch füttern; ich kann mich natürlich nicht darauf besinnen, das waren die Anfänge, die außerhalb der Grenze der Erinnerungen liegen. Wenn ich ein Wunderkind war, dann nur in den Augen der höflichen Tanten. Empfindlich war ich dagegen ganz bestimmt. Daher meine erste, sehr frühe Annäherung an die Poesie. Als ich noch nicht lesen konnte, deklamierte ich Gedichte, häufig vor Gästen, und ein Paradestück, über eine Mücke, die von einer Eiche gefallen war, konnte ich nie zu Ende sprechen, weil ich nämlich dann, wenn ich an die Stelle gelangte, wo sich die Folgen jenes Falls als ganz fatal erwiesen (die Mücke brach sich das Kreuz), laut zu heulen begann und man mich, dem vor Verzweiflung die Nase lief, den Versammelten entführen mußte. Es gab damals wenige Wesen, mit denen ich so heiß und zugleich so hoffnungslos mitempfand wie mit dieser Mücke, *in hoc signo* hatte sich die Macht der Literatur über mich kundgetan.

Im vierten Lebensjahr habe ich schreiben gelernt, trotzdem hatte ich auf diesem Wege nichts Überwältigendes mitzuteilen. Der erste Brief, den ich an meinen Vater schrieb, aus Skole, wohin ich mit meiner Mutter gefahren war, berichtete lakonisch über ein selbständiges Häufchenmachen in einem echt ländlichen Klosett mit einem Loch im Brett. Was ich allerdings nicht berichtete, war die Tatsache, daß ich auch sämtliche Schlüssel unseres Gastgebers in dasselbe Loch geworfen hatte. Die Urheberschaft an dem Wurf war übrigens umstritten – ein Einheimischer in meinem Alter war nämlich damals mit mir, und es ließ sich nicht feststellen, wer die Schlüssel zuletzt gehabt hatte. Das Herausfischen bereitete jedenfalls viele Schwierigkeiten.

Von den Besonderheiten und Denkwürdigkeiten Lwóws fesselte in jener Zeit Zalewskis Konditorei in der Akademiestraße meine Aufmerksamkeit. Ich hatte offenbar einen guten Geschmack, denn seit dieser Zeit habe ich wirklich nirgends Konditorschaufenster gesehen, die mit einer so schwungvollen Phantasie ausgestattet worden wären. Übrigens war das eigentlich mehr eine Bühne, in Metallrahmen gefaßt, auf der die Dekorationen mehrmals im Jahr ausgewechselt wurden; sie bildeten den Hintergrund für imposante Standbilder und allegorische Figuren aus Marzipan. Naturalisten großen Formats oder auch Rubense des Zuckerbäckertums setzten da ihre Visionen in Wirklichkeit um, und insbesondere vor Weihnachten und vor Ostern geschahen hinter den Scheiben verwunschene Wunder in Mandel- und in Kakaomasse. Zuckerweihnachtsmänner kutschierten Pferdewagen, und ihren Säcken entströmten Lawinen von Leckerbissen; auf überzuckerten Schüsseln ruhten Schinken und Fische in Gelee, auch solche aus Marzipan mit Tortenfüllung, aber natürlich sind meine Informationen rein theoretisch. Sogar die Zitronenscheiben, die durch den Gelee hindurchschimmerten, waren eine Imitation der Zuckerbäckerbildhauerei. Ich entsinne mich ganzer Herden von rosa Schweinchen mit Schokoladenaugen, aller möglichen Arten von Früchten, Pilzen, Wurstwaren, Pflanzen, auch gewisser Waldschonungen und Irrwege. Man konnte zu der Überzeugung gelangen, daß der Konditor Zalewski imstande war, den ganzen Kosmos in Zucker und Schokolade nachzugestalten, indem er die Sonne mit geschälten Mandeln spickte und den Sternen einen Zuckergußschimmer verlieh; jedesmal wenn eine neue Saison kam, vermochte dieser Meister aller Meister meine lechzende, unruhige, noch nicht vollends vertrauende Seele von einer neuen Seite zu überraschen, mich mit der Aussage seiner Marzipanskulpturen zu packen, mit den Aquaforten weißer Schokolade, mit den Vesuven der Torten, die sich mit Schlagsahne erbrachen und in denen stark kandierte Früchte wie vulkanische Bomben ruhten. Zalewskis Kuchen kosteten pro Stück fünfundzwanzig Groschen – eine gewaltige Summe, wenn man berücksichtigt, daß eine große Semmel fünf und eine Zitrone etwa zehn kostete, aber offenbar mußte man für seine Panoramen mitbezahlen, für die süße festliche Schlachtenmalerei, die vielleicht nicht einmal schlechter war als jene, die das Panorama von Racławice schilderte.

In der Akademiestraße gab es noch eine zweite Konditorei, deren Produkte mehr den Magen als das Auge ansprachen. Mich verbinden nicht unbedingt fröhliche Erinnerungen mit ihr. Einmal hatte mich Onkel Fryderyk, der ältere Bruder meines Vaters, mit einer zweispännigen Droschke – scheinbar aus einem harmlosen Anlaß, denn ich trug einen festlichen weißen Spitzenkragen – mitgenommen, aber diese Spazierfahrt endete bei einem Zahnarzt, der mir einen Milchzahn herausriß. Wir befanden uns auf der Rückfahrt, ich brüllte, die Spitzen waren vollgespien, blutbefleckt, und der Onkel versuchte meinen gerechten Zorn über seine Wortbrüchigkeit in der obengenannten Konditorei durch ein Pistazieneis zu besänftigen. Wie es scheint, hatte mein Vater damals nicht den Mut, den schrecklichen Szenen beizuwohnen, und war deshalb abwesend.

In der Mikolasch-Passage war noch eine andere Konditorei, viel kleiner, in der es italienisches Eis gab und wo, aber das schon viel später, mein Vetter Stefan, ein mächtig großer Bursche, mich zu höchst perfiden Duells verleitete, denn wir aßen Eis, und bezahlen mußte derjenige, der weniger schaffte. Stefan besaß ein größeres Fassungsvermögen; ich erinnere mich noch der Heimgänge von diesem Ort, ich sehe mich die Passage entlanggehen, die mit matten Glasplatten bedeckt war, und ich marschierte steif, weil sich mein Magen in einen Vanilleeisberg verwandelt hatte.

Gleich zu Beginn der Akademiestraße, unweit des George-Hotels, befand sich ein anderer Laden, keine Konditorei mehr, doch ebenfalls wichtig, er gehörte einem gewissen

Klaften und war ein Spielzeuggeschäft. Über seine Schaufenster und auch über die Einzelheiten seiner Innenausstattung kann ich nichts sagen, weil mir nämlich dieser Fleck, der heilig für mich war, die Beobachtungsgabe raubte. Ich näherte mich dieser Stätte stets in einem süßen Rausch, mit pochendem Herzen, da ich im voraus fühlte, welcher Versuchung sogleich meine Gier ausgesetzt sein würde, die zu einer Wahl unfähig war. Dort wurden die köstlich schweren, flachen Schachteln mit Zinnsoldaten gekauft, die Kanonen, die mit Erbsen schossen, die hölzernen Festungen, die Brummkreisel, die Korkengewehre – Pistolen und die Munition dazu bekam ich dagegen fast nie, beides war mir verboten. Einmal, gleich am Anfang, hatte ich ein Schaukelpferd, einen Schimmel, ich kann ihn mir nicht mehr vorstellen, doch in den Fingerkuppen spüre ich noch etwas von der Rauheit seines Fells, seines Schwanzes, der aus echtem Pferdehaar war; ich hatte ihn zunächst mit „Herr" angeredet, weil er so groß und so prächtig war, so daß ich ihn nicht einmal zu berühren wagte. Ich war gut zu ihm – seine Kufen, vom Zahn der Zeit benagt, fielen von selbst ab.

Die Bildreste, die mir aus der Vorgymnasialperiode verblieben sind, scharen sich mehr um schreckenerregende, um heftige denn um angenehme Ereignisse. Ich weiß, an welcher Stelle der Jagiellonskastraße meine Tante gewohnt hat, weil mich dort im Flur einmal ein großer Truthahn angegriffen hatte – ich habe keine Ahnung, wie er da hingekommen war; lange Zeit fürchtete ich mich dann, dort hinzugehen, huschte blitzschnell durch den dunklen Raum zwischen dem hölzernen Haustor, das doppelt war, weil sich noch eine kleinere Tür darin befand, und der entsetzlich knirschenden Holztreppe. Der weitere Weg zur Wohnung meiner Tante war ebenfalls nicht frei von Schrecken, er führte über den Wandelgang des Hinterhauses, der sich unangenehm nach der Hofseite zu neigte, so daß ich den Eindruck hatte, er müsse jeden Augenblick niederstürzen. Im Vorzimmer wiederum war der ganze Fußboden schräg, wie in dem Turm zu Pisa. Der Salon, der sich hinter der einen Tür befand, ein mir verbotener Raum, war voll von Spiegelreflexen des Parketts und voll schwerer Möbel in Leinenhüllen. Niemand ging jemals da hinein, und der Tante genügte offenbar allein die Tatsache, daß dieser fest verschlossene Tempel existierte. Als junger Allesfresser, der ich war, bin ich dort einmal eingedrungen, die Unaufmerksamkeit oder die zeitweilige Abwesenheit der Tante nutzend, und strebte, in schurkischer Absicht und ohne zu überlegen, zur schwarzen Anrichte, auf der unter einer Glasglocke eine kleine Pyramide großer Marzipanfrüchte prangte, Äpfel, Birnen, Bananen. Ich hob die Glocke hoch und biß herzhaft in eines der süßen Kleinodien. Ich brach mir zwar keinen Zahn ab, aber es blieb auf der glänzenden Oberfläche nicht einmal eine Spur zurück, die Marzipanfrüchte waren wie Stein, die Zeit hatte ihnen einen Panzer verliehen und sie so vor meiner Gefräßigkeit geschützt. Das war eine meiner düstersten Enttäuschungen.

Angeblich wäre ich in der Żelazna Woda beinahe ertrunken. Ich saß am Ufer, und eine Frau, die ich kannte, spielte mit mir, indem sie mir einen Spazierstock hinhielt – plötzlich zog sie etwas zu heftig daran. Ich ging wie ein Stein auf den Grund und hatte nicht einmal die Zeit, zu erschrecken. Zuerst wurde es grün, dann finster, naß sicherlich auch. Später hielt mich jemand an den Beinen und schüttelte das Wasser aus mir heraus. Das Ganze ist jetzt wie in einen Nebel gehüllt – ich kann es nicht mit Bestimmtheit sagen, aber mir scheint, der Badeplatz war damals noch geteilt, die Frauen badeten für sich und die Männer ebenfalls. Wenn es an dem war, dann befand ich mich mit meiner Mutter bei den Frauen.

Bei zwei anderen entsetzlichen Geschehnissen bin ich nur Zeuge gewesen; einmal war ein „Fliegenmensch" nach Lwów gekommen und kletterte, wohl gar in der Innenstadt, in der Legionenstraße, die Wand eines mehrstöckigen Hauses hoch. Er soll sich dabei nur eines kleinen „Häkchens zum Zuknöpfen von Schuhen" bedient haben – diese Nachricht stammte von unserem Dienstmädchen und war insofern glaubwürdig, als es solche Häkchen tatsächlich gab; man benutzte sie zum Zuknöpfen bei Damenschuhen mit solidem Knopf und Schlinge, und sie bestanden aus einem Metallgriff und einem runden Häkchen. Der „Fliegenmensch" stürzte ab, eine Menschenmenge war zugegen, auch die Polizei, und am nächsten Tag konnte ich auf der ersten Seite der Zeitung, sicherlich des „Nowy Wiek“ (Neues Zeitalter), sein Foto sehen, so wie er vom Pflaster aufgehoben worden war. Sein blasses Gesicht wirkte, als habe sich eine Riesenspinne mit streifigen Beinen darauf gesetzt; wahrscheinlich hatte er einen Schädelbasisbruch erlitten. Was aus ihm wurde, weiß ich nicht.

Ein andermal wieder geriet die Kohle in unserem Keller in Brand, vielleicht hatte es auch nur zu glimmen begonnen. Wir hatten damals Gäste, und man spielte Karten, als plötzlich nach einem energischen Klingelzeichen völlig ungewohnte, bedrohlich mit dem Messing ihrer Kampfhelme funkelnde Feuerwehrmänner im Flur auftauchten. Sie evakuierten das ganze Haus. Wir standen eine Zeitlang auf der Straße und sahen zu, wie Wasser aus Leinenschläuchen in die Kellerräume gegossen wurde, dann gingen wir wohl gemeinsam zum Onkel, der in der Nähe wohnte. Der Brand wurde im Keim erstickt, doch die Angst blieb zurück. Ich erinnere mich, daß ich längere Zeit Alpträume hatte, in denen der Brand als eine weiße zerflatternde Person auftrat, die an die Wohnungstür klopfte und trommelte und in die Fenster blickte; wenn ich wach war und mich niemand beobachtete, legte ich die Hand verstohlen auf den Fußboden, um zu prüfen, ob sich das Parkett nicht von der Glut erwärme, die sich insgeheim im unteren Stockwerk entfachen konnte.

Von der Angst vor den Flammen blieb bei mir übrigens nichts zurück; es ist interessant, zu verfolgen, wie die einen Erlebnisse im Kind den Mechanismus einer geradezu pathologischen Empfindsamkeit in Gang setzen und andere wiederum wie Wasser an Gänsefedern abfließen, ohne eine Spur zu hinterlassen. Eines der frühen Büchlein, die ich las, erzählte die Geschichte eines Jungen, der in einem Fahrstuhl fuhr, welcher rebellierte oder vielleicht auch defekt war, das Dach des Hauses durchstieß und wie ein Ballon mit dem Jungen über die Stadt flog. Vom Autor aus war das sicherlich belustigend gemeint, aber mich erschreckte das, und noch ein ganzes Vierteljahrhundert später erinnerte ich mich an diese eigentlich nichtige Geschichte, wenn ich in einen Fahrstuhl stieg. Ich weiß auch nicht, woher meine Angst vor den

Insekten stammt – während meine Altersgenossen das Sammeln von Käfern geradezu liebten, konnte ich sie nicht anfassen. Genauso war es mit den Motten. Dagegen fürchtete ich mich gar nicht vor Mäusen und zog daraus sogar Nutzen. Meine Mutter ekelte sich dermaßen vor ihnen, daß ich selbst die Leichname aus der Falle entfernen mußte, und wenn sich keine Mäuse fangen ließen, zeigte ich meiner Mutter manchmal von weitem eine graue Gummimaus, um auf diese Weise die festgelegte Taxe für die Totengräberarbeit zu erhalten.

Bedenklich ist mein schlechtes Gedächtnis für die Gefährten meiner Spiele, für die Altersgenossen, während ich doch gleichzeitig für die verschiedensten Gegenstände überempfindlich war. Ich kann mich buchstäblich an kein einziges Kind erinnern, hingegen noch ausgezeichnet an die Form meines Reifens – sogar an die Schräubchen, die die Holzfuge verbanden, auch daran, wie ich gelernt hatte, den Reifen so zu drehen, daß er von selbst zu mir zurückrollte. Vielleicht darum, weil mir die Gegenstände absolut untertan waren, während die Lebewesen einen eigenen Willen besaßen, der dem meinen allzusehr entgegengesetzt war. Am Ende wurde alles, was mich umgab, ob aus Metall oder aus Holz, meine Beute. Lange Zeit, Jahre hindurch, wartete ich geduldig auf den Tod des Grammophons oder zumindest darauf, daß es alt wurde, und in der Tat konnte ich mich schließlich gierig auf seine Eingeweide stürzen. Das war kein Apparat mit einer großen Truhe mehr, solche hatte ich nur in einer Ausstellung auf Abbildungen gesehen; unser Grammophon war groß, aus Holz, hatte einen Resonanzkasten mit innerem Lautsprecher, und eigentlich hätten wir es Plattenspieler nennen müssen. Ich drehte gern die Kurbel; wir hatten ein paar Schallplatten mit „Schlagern", eine Lachplatte, ein paar Tanzlieder von der Art „Mehr Gas, das ist mein Prinzip, mehr Gas, solange uns die Jugend lieb" und Opernarien, jedoch mich interessierte der Mechanismus des Auswechselns der Nadeln, des Sprungfederreglers viel mehr als die musikalischen Inhalte.

Nicht anders war es mit dem Radio. Das erste Rundfunkgerät erschien etwa um das Jahr neunundzwanzig in unserer Wohnung, obwohl ich mich für das Datum nicht verbürgen kann. Das Gerät bestand aus einer langen Kiste mit einer Ebonitplatte und mit Knöpfen, die weiße Einkerbungen und Skalenzeiger hatten, sowie mit Anschlußdosen für die Kopfhörer, denn es hatte zwar einen großen Lautsprecher auf einem Fußgestell, der ein wenig einem Ventilator glich, aber empfangen konnte man mit dem Lautsprecher nur den Lokalsender. Säureakkus, die aufgeladen werden mußten, und eine große Anodenbatterie versorgten jenen gewaltigen Apparat mit Strom. Eigenartigerweise weiß ich auch, daß die erste Sendung der Lwówer Rundfunkstation, die wir auffingen, Joseph Conrads Novelle „Die Schenke zu den drei Hexen" war, die von einem Mann mit Grabesstimme gelesen wurde. Onkel Mundek, der Mann der Tante Hania aus der Straße der Freiheit, besuchte uns manchmal, um dem schwedischen Kasten Marke Ericson mit meinem Vater ein heftiges Pfeifen, Knurren und Miauen von elektrischen Katzen zu entlocken – sie stellten gemeinsam die Antenne verschieden auf, sie war so etwas wie ein hölzernes Kreuz, auf dem Drähte in einem Viereck gespannt waren. Nur selten gelang es, durch den Geräuschvorhang das Plärren einer Musik herauszufinden, gleichsam ein Signal von einem fremden Planeten, das nur deshalb Genuß bereitete, weil es überhaupt geglückt war, denn von einem ästhetischen Genuß am Empfang konnte keine Rede sein. Der Onkel verbuchte, wie es scheint, außergewöhnliche Erfolge, indem er zum Beispiel Mailand oder Berlin auffing, wo Europas mächtigste Station Königs Wusterhausen sendete. Auch dieser Apparat erlebte einen allmählichen, langwierigen Niedergang, und als er inaktuell geworden war, kam die Zeit für meine Zange und meinen Hammer. Ich parzellierte ihn und war ob der Unansehnlichkeit seiner Bauweise zutiefst enttäuscht – es gab keine Zahnrädchen, keine Sprungfedern, nichts, nur Röhren, undurchsichtig wegen ihres Silberbelags, und Kondensatoren, die im Gewirr der Drähte verstrickt waren.

Wenn mein Vater sich vor verschiedenen Dingen fürchtete – er war zum Beispiel nie dazu bereit, eine Dachantenne anzulegen, weil sie angeblich Blitzschläge anlockte, und die Öfen wurden bei uns ausschließlich mit Holz beheizt, weil

Kohle Dunst erzeuge, an dem man ersticken könne –, so habe ich vielleicht von ihm die allgemeine Veranlagung geerbt, nicht aber die Anlässe jener Ängste. Die Elektrizität liebte ich, ich stand mich immer gut mit ihr, bereits seit der Zeit, da ich mit einem warmgeriebenen Kamm Papierfetzen fing, und Giftgase, einschließlich des Kohlendunstes, versuchte ich nach Möglichkeit selbst zu produzieren. Aber diese Manien – die eines Elektrikers, die chemische und die mechanische – entwickelten sich erst in der Folgezeit, im Gymnasium, so richtig. In den Jahren vor 1930 befaßte ich mich, wenigstens im allgemeinen, damit, was eben das Leben kleiner Jungen ausfüllt, in banaler Weise, fast ohne jede Originalität. Also durchlief ich zunächst verschiedene Maschinenmetamorphosen – ich war Schiff, Dampfer, Flugzeug, ich arbeitete mit Kolben, ließ Dampf ab, gab volle Kraft zurück, und die Reste dieser Gewohnheiten hielten sich beinahe bis zur Reifeprüfung in mir; ich erinnere mich, daß ich noch als verliebter heranwachsender, uniformierter Gymnasiast nicht abgeneigt war, auf der Straße plötzlich Gegendampf zu geben, das Steuer nach Backbord herumzureißen oder den Anker zu werfen.

Der Nachahmungstrieb ist wohl eine natürliche Entwicklungsphase, die den Beobachter vielleicht ein wenig durch das Nachäffen irritiert, denn man möchte ja, daß Kinder einfach Kinder seien und nicht mehr kleine Erwachsene – ich meine hiermit vor allem die Scharen achtjähriger Muttis mit kleinen Kinderwagen. Im übrigen habe ich das Geschlecht nicht gewechselt, und vielleicht spricht aus mir der Infantilismus eines Jungen oder vielmehr jener seiner Überreste, die in meinem langsam verderbenden Inneren irgendwie überdauert haben. Doch halten wir uns nicht lange bei solchen wohl nicht allzu klugen Urteilen auf; ein Experte würde erkennen, daß sich die Kinder einfach in ihrem Spiel auf die Kultur der Epoche vorbereiten, in der sie auf die Welt gekommen sind; im Mittelalter haben sie wohl Pferd und Reiter, Belagerung von Festungen und sicherlich auch Kreuzzug gespielt. Natürlich ist auch die Neigung, den eigenen Körper und seine Möglichkeiten zu untersuchen; damit verhielt es sich bei mir allerdings recht unterschiedlich. Eine Zeitlang „erhängte“ ich mich ziemlich gern, überall, wo das nur ging, und ich sammelte dazu die geeigneten Stricke, alles in scheinbarem Ernst, doch eben nicht vollends, und ich pflegte mich auch ein wenig zu martern. So wand ich eine Schnur um einen Finger, damit er „einschlief“, ich band mich selbst an einer Klinke fest, oder aber ich ließ mich von einer Strickleiter (ich besaß eine) mit dem Kopf nach unten herabbaumeln, drückte ein Auge mit dem Finger tief in die Höhle, um doppelt zu sehen; nur eines tat ich nie: Ich steckte mir keine Erbsen oder Bohnen ins Ohr oder in die Nase, denn ich wußte nur zu gut, welche traurigen Folgen das haben kann, mein Vater war ja nicht umsonst Laryngologe. Wie ich daraufkam, weiß ich nicht, jedenfalls hielt ich ziemlich lange das Bein für den unanständigsten Teil des menschlichen Körpers, eigentlich nur den nackten Fuß. Ich entsinne mich, daß ich mich einmal mit meinem zwei Jahre älteren Vetter Mietek (er kam in Warschau ums Leben, ebenso wie Stefan) schrecklich geprügelt habe, wegen des Beins nämlich; wir saßen in unserer Wohnung auf dem Fensterbrett, und ich brachte ihn so weit, daß er die von mir aufgedrängte Konvention hinnahm; es handelte sich darum, wer es als erster wagte, dem anderen das Bein zu zeigen, und lange, denn es war gerade niemand von den Hausgenossen zu Hause, wälzten wir uns auf dem Fußboden, in grausamem Kampf ineinander verkrampft. Ein Freudianer hätte sicherlich seine Freude an diesen meinen Geständnissen, doch ist mir von dem Bein nichts übriggeblieben – und ein Fetischist bin ich keineswegs geworden.

Ich schildere hier diese belanglosen Kleinigkeiten, weil sie mir aus irgendeinem Grunde interessanter zu sein schienen als meine späteren Erinnerungen und Taten. Das Kind wird mit der Zeit immer nachdrücklicher, immer eindeutiger Mitglied einer bestimmten Gruppe – in der Schule, im Gymnasium – und gleicht sich ihr durch sein Verhalten an oder versucht dies wenigstens, so gut es das kann. Seine Aktivität scheint mir somit in erheblichem Maße sekundär zu sein und vermag, wie ich glaube, weniger über die angeborenen Eigenschaften auszusagen, über Dämonen, die in den genotypischen Garnituren ererbt wurden, als die allerersten Praktiken, die häufig in der Einsamkeit unternommen werden. Die ersten Neigungen und Aversionen, von denen niemand weiß, woher sie kommen, scheinen mir die interessantesten zu sein, solche, die eine Untersuchung am ehesten verdienen, denn die späteren, die angelernten, sind mitunter geradezu mechanische Nachahmungen. Kinder haben bekanntlich nicht einmal vor den entsetzlichsten körperlichen Gebrechen vertrauter Personen Angst, sie bemerken sie einfach nicht. Es bedarf einer gewissen Zeit, ehe sie sich an die Befolgung der sittlichen Normen der sie umgebenden Welt gewöhnen. Wir kommen also bestimmt ohne jede Kriterien der Unterscheidung von Häßlich und Schön auf die Welt – doch das ist nur eine nebulöse Vermutung, es ist unbekannt, ob man ein Kind tatsächlich eine Ästhetik lehren kann, die im Verhältnis zur gewöhnlichen Ästhetik des Alltags „umgekehrt" ist.

Aber zurück zur Welt der Gegenstände. Die Kleidung war von ihr ausgeschlossen, ich hegte für sie kein Interesse,was ich daraus schließe, daß ich mich an keinen Anzug erinnern kann, ausgenommen an die Tiroler Lederhosen, die man an grünen Hosenträgern trug. Sie hatten vorn eine breite Klappe, die mit Hornknöpfen zuzuknöpfen war, etwas Gefährliches und äußerst Unbequemes, weil man es einfach nicht schaffen konnte; ich erinnere mich auch noch daran, daß ich mir wünschte, einen echten Hosenschlitz zu haben, der zuzuknöpfen ging, und keine Klappe, wie für ganz kleine Kinder.

Ich habe bisher noch nichts von zwei Zimmern unserer Wohnung erzählt, die insofern wichtig waren, als ich keinen legalen Zutritt zu ihnen hatte: der Warteraum und das Behandlungszimmer meines Vaters. Den Warteraum zierten Sessel in Tuchhüllen, offenbar aus Ebenholz, denn es war durch und durch dunkelblau, was sich herausstellte, als einmal eine Lehne abbrach. Dort stand ebenfalls eine alte Glasvitrine mit „Nippes" von der schlechteren Sorte – irgendwelche Tabletts und Silberkörbchen, Geschenke dankbarer Patienten, auch ein zerfallender pseudojapanischer Dolch lag hinter dem Glas. Ein Lwówer Straßenjunge auf einem hölzernen Sockel war auch da, er hatte keinen Namen, denn er gehörte nicht mir, sozusagen niemandem, eine große Puppe mit stechenden blauen Augen, in einer absichtlich geflickten Joppe, in Hosen und in einem gestreiften Hemd, mit einer Filzbanane in der Tasche. Ich durfte diesen Straßenjungen nicht einmal berühren, deshalb hat er sich so lange gehalten, wohl bis zum Krieg. Sogar die ersten Kriegsjahre hat er noch überlebt und ist erst den methodisch wiederholten Angriffen der Motten erlegen. An Motten hatte es in der Brajerowskastraße nie gefehlt, und jeder Hausgenosse war verpflichtet, beim Anblick einer Motte die Verfolgung aufzunehmen und entsetzlich in die Hände zu klatschen, damit sie zwischen den Fingern zermalmt würde. Ich hingegen ekelte mich davor und schlug die Hände immer neben ihnen zusammen.

Vaters Behandlungszimmer war ein unzugänglicher Ort, wenigstens in der Theorie, deshalb untersuchte ich ihn gewissenhaft, wann immer ich dies konnte. Die Wände waren mit einer Tapete beklebt, die Porzellankacheln imitierte, es standen dort ein kleines hartes Kanapee, ein hölzernes Schränkchen mit Medikamenten und mit einer geringen Anzahl von Büchern, ein kleiner Ärzteschreibtisch, eine Heizsonne, ein Pantostat, ein metallenes Tischchen mit Instrumenten, ein ebenso weißer Patientenstuhl und Vaters rundes Schraubentaburett. Eine Einrichtung, mehr als asketisch, aber mit einer Ausnahme: Auf dem Schränkchen stand nämlich eine schwarze Kiste, die innen in kleine Fächer eingeteilt war, und darin ruhten sorgfältig ausgebreitete Exponate – alles, was mein Vater mit Hilfe der großen Rohre des Brüningschen Laryngoskops aus den Luft-, Speiseröhren und Bronchien hervorgeholt hatte; diese an sich harmlosen Dinge riefen erst dann Entsetzen hervor, wenn man sich vorstellte, wo sie gesteckt hatten. Da war ein künstliches Gebiß mit vier Zähnen und einem Häkchen, eine offene Sicherheitsnadel, die aus der Luftröhre eines Kindes herausgeangelt worden war, verschiedene Stecknadeln, Bohnen, die bereits etwas angekeimt waren, als ob sie in ihrer pflanzlichen Unschuld tatsächlich beabsichtigt hätten, sich auf die Dauer in jemandes Nase einzunisten, mit Grünspan bedeckte Münzen, auch ein beträchtliches Stück Filmband. Als ich schon etwas größer war, schilderte mir mein Vater manchmal die Umstände, unter denen er diese Trophäen errungen hatte, die Jagden mit dem Pistolengriff des Brüningschen Tracheoskops in der Hand. Er zeigte mir besondere Garnituren länglicher Häkchen und sinnreicher Klemmen oder Sonden. Höchst außergewöhnlich war die Krankengeschichte eines Patienten, den man zu ihm brachte, weil er zu ersticken schien, alle Augenblicke ohnmächtig wurde und blau anlief, während der Kehlspiegel eine scheinbar freie, breit geöffnete Stimmritze erkennen ließ, bis mein Vater schließlich an einem besonderen Schimmer merkte, daß doch so etwas wie ein Glasplättchen sie bedeckte. Es war ein Stück Film, das jener Mann, ein Operateur, zusammen mit käsegefüllten Eierkuchen (auch daran erinnere ich mich) verspeist hatte; in die Füllung war auf unerklärliche Weise ein Stückchen Filmband geraten, hatte sich über der Kehle festgesetzt und würgte ihn, wobei es beim Atmen wie ein Ventil wirkte. Banale Gegenstände, die mein Vater ständig in Mengen aus den Patienten herausholte, lagen nicht in der Schachtel; so zum Beispiel Gräten. Nie konnten wir an den Feiertagen das Abendbrot gemeinsam beenden – stets ertönte ein heftiges Klingeln an der Tür, und sogleich zog sich mein Vater den weißen Kittel über und verschwand mit seinem Spiegel, der wie ein großes drittes Auge auf der Stirn prangte, im Behandlungszimmer.

Da ich meinem Vater solche Lorbeeren neidete, deren sportlicher (nicht etwa medizinischer) Charakter mich reizte, machte ich mich in größter Heimlichkeit an die komplizierte Brüningsche Apparatur, stellte die langen Nickelrohre zusammen, schaltete, wie erforderlich, die kleinen Glühbirnen ein und wagte mich an die Extraktion von Fremdkörpern aus dem Rohr des elektrischen Staubsaugers, die ich dort zuvor untergebracht hatte. Auf dem weißen Schraubenschemel meines Vaters habe ich mich ebenfalls manchmal so lange gedreht, bis ich ins Schwitzen geriet und mir schwindlig wurde, und ich schaltete die große Solluxlampe an, die nicht nur wärmte, sondern auch leuchtete (einmal begannen einer Patientin sogar die Haare zu brennen, weil sie darin eine Zelluloidklemme oder einen Kamm versteckt hatte, aber daran kann ich mich nicht erinnern, das geschah zu einer Zeit, als ich noch nicht auf der Welt war). Wenn mir nun gar nichts mehr einfiel, füllte ich die Halbliterspritze, die zum Ausspülen des sogenannten Ohrenschmalzes diente, und spritzte durch das zum Hof geöffnete Fenster mal nach oben, zur höheren Etage, mal nach unten, auf den Balkon der Hausbesitzer.

Ich habe bereits erwähnt, wie früh ich lesen und schreiben gelernt habe. Ich fertigte für meinen Vater und für meine Mutter hübsche Zierblättchen an, die ich mit einer Menge gemalter Blümchen schmückte, und auch meine ersten Lektüren waren typisch, die üblichen Gedichte, wie das Märchen von der Mücke, und Märchen. Als mir bereits nach dem Kriege eine Sammlung von Kindergedichten in die Hand fiel, in der ich meine Lektüre aus der Zeit vor dreißig Jahren wiedererkannte, verblüffte mich, was ich doch als sechsjähriger Junge nicht alles darin entdeckt hatte. Irgendwelche unwahrscheinlichen, nicht in Worte zu fassenden Dramen, Emotionen, die nun in mir überhaupt nicht mehr benachbart sind, Ängste und Verwunderungen, aber auch lächerliche Einfälle lauerten damals für mich im Kontext der harmlosesten Wörter. Weshalb enthielt die Geschichte von dem Fleck auf dem Fußboden, mit dem der Besen sich keinen Rat wußte, soviel Düsternis, sogar Schrecken? Warum bildete das Aufzählen der schwanzlosen Krähen eine geradezu magische Inkantation, die dem riskanten Anrufen verborgener Mächte, der Versuchung des bösen Geistes gleichkam? Um so seltsamer ist der Umstand, daß ich solcherlei dramatische Emotionen, Ängste, Ahnungen niemandem beichtete, daß ich zu niemandem davon sprach. Gewiß hätte ich wohl jene Zustände nicht auszudrücken, zu benennen gewußt; und außerdem – wenn ich vielleicht imstande gewesen wäre, überhaupt damals daran zu denken – hätte ich wohl doch angenommen, nur eine Reaktion wie die meine sei die einzig mögliche und gewöhnliche. Jedenfalls war ich damals ein empfindsameres Instrument als heute, es bedurfte nicht so vieler Reize oder Schläge, um aus mir ganze Gebäude von Empfindungen und Erlebnissen herauszuholen oder um sie vielmehr in meinem Kopf zu errichten; in der Tat, die Autoren von Kinderbüchern wissen selbst nicht, was sie tun, sie ahnen nicht, mit welch entzündbarem Material sie unausgesetzt jonglieren, wenngleich es nur psychischer Natur ist. Sie glauben, eine belehrende Geschichte zu erzählen, dabei verwandelt sich diese beim Leser in ein Rätsel oder in ein verzwicktes Drama; sie wollen belustigen und lehren mysteriöse Geheimnisse, reimen Knüttelverse, während daraus eine erhabene Katharsis in einem siebenjährigen Kopf entsteht. Diese Anfänge, diese ersten Lektüren waren ein außerordentliches Erlebnis. Später versank ich ganz gewöhnlich und unmerklich in den Büchern.

Natürlich bin ich Mowgli, Winnetou und Käpten Nemo gewesen, in meinem Gedächtnis hatten sich die überraschendsten Textbrocken festgesetzt; als ich mir nach dem Kriege Umińskis Buch „Reise ohne Geld" kaufte, blätterte ich es sorgfältig durch, um einen seiner schönsten Sätze wiederzufinden – „Die Kugel, die mit charakteristischem Donner durch den Raum flog". Es handelte sich da um eine Krokodil- oder Nashornjagd, aber leider war das eine revidierte Auflage, und zu meiner großen Enttäuschung war jene herrliche Kugel mit ihrem Donnern daraus verschwunden. Oder das „Tal ohne Ausweg"? Fürchterliche Dinge geschahen mit mir, als ich es las. Und erst recht beim „Geist der Wüste"; solche Lektüre gestattete keine lässige Ungezogenheit, kein Herumfläzen am Fenster, währenddessen ein Stuhlbein geschickt mit den Füßen hochgewippt wurde, auch kein Knien am Tisch mit aufgestützten Ellenbogen – ich mußte in der Nähe von Personen sein, die vollkommen sicher und erwachsen waren, auch so war es noch unheimlich. Dickens wollte ich nicht lesen, er war wie ein trostloser regnerischer Herbst, dagegen verlor, verirrte ich mich in Dumas' Werk – es begann ganz unschuldig mit den „Drei Musketieren", doch schon nach einiger Zeit sah es aus, als würde das ganze Leben nicht reichen, um alle seine Bücher durchzulesen.

Später, im Gymnasium, las ich dann alles, was mir in die Hände fiel: Fredro und Karl May, Sienkiewicz und Jules Verne, Wells, Słowacki und Pitigrilli; das war wirklich wie Kraut und Rüben.

Beim Lesen pflegte ich irgend etwas zu essen, ich habe ja

schon angedeutet, daß ich ein Vielfraß war, aber einer, der sich leicht verliebte – so ist es wohl auch geboten, hier die ersten Frauen zu erwähnen. Das verlief in einer seltsamen Zickzacklinie. Anfangs war es Mila, unsere Wäscherin, ich war etwa fünf Jahre alt und wollte, wie immer in diesem Alter, gleich heiraten. Die Ärmste litt unter entsetzlichen Krampfadern. Es gab noch keine elektrischen Waschmaschinen, das Waschen verwandelte die Wohnung in eine dampfende Hölle, zumindest die Küche mit dem Nebengelaß. Eine gewaltige Wanne wurde in die Mitte des Raums gefahren, in den Kesseln brodelte es vulkanisch, später erschien dann die Holzmangel auf der Bildfläche und erfüllte das halbe Haus mit ihrem Gepolter; ich ging in alledem auf, der Wirrwarr störte mich nicht im geringsten.

Später liebte ich meine Lehrerin in der Volksschule, wie sie aussah, weiß ich nicht mehr; einmal verprügelte sie meinen Banknachbarn – in der Volksschule bekam man in der Regel nur einen Schlag mit einem Lineal auf die ausgestreckte offene Hand, dieser Bursche war jedoch so hartnäckig und kaltschnäuzig, so schrecklich aufsässig und arrogant, daß ihm meine Geliebte ganze Staubwolken aus den Hosen herausprügeln mußte. Er zuckte dabei nicht einmal mit der Wimper und zeigte keine Träne, wodurch er mir ungemein imponierte.

Die unglückliche Liebe wurde nach und nach meine Spezialität. Ich verliebte mich wahnsinnig in ein Mädchen, das ungefähr vier Jahre älter war als ich, also beinahe schon ein erwachsenes Fräulein war. Ich pflegte dieses Mädchen im Jesuitengarten von weitem, rein kontemplativ zu beobachten, ohne mich viel zu bewegen. Ich war ziemlich fett, und meine Gestalt erinnerte ein wenig an eine Birne, obwohl ich diese Form, am breitesten unterhalb der Leibesmitte, erst später, im Gymnasium, genauer imitierte. Mein Gesicht war pausbäckig, die Augen quollen gewöhnlich ziemlich weit hervor, denn ich war von Natur aus neugierig, und auch den Mund hielt ich oft geöffnet, anscheinend weil ich wähnte, daß mir das gut stand. Ich besaß somit kaum Chancen, im übrigen konnte ich mir gar keine Erfüllung vorstellen, ich wußte nämlich nicht, was man mit Mädchen anderes tun kann, als abends hinter ihnen herzulaufen, im Garten, von Strauch zu Strauch, um sie mit der Taschenlampe zu schrecken. Meine Liebe zu dem Mädchen aus dem Jesuitengarten hatte also keine Handlung, sie trug nicht den Stempel der Entwicklung, war aber dennoch äußerst intensiv. Ich glaube, ich habe sie meinen Eltern gestanden, sonst wäre es mir nicht gelungen, oft genug an diesem bestens geeigneten Punkt zu verweilen, von dem ich sie beobachten konnte. Von mir wußte sie wohl nichts, ich wechselte kein einziges Wort mit ihr, dennoch brannte sich die Linie ihres Profils, ihres Kinns, ihrer Lippen so genau in mein Gedächtnis ein, daß mir diese Spur bis heute geblieben ist.

Bemerkenswert ist, daß mich die Heftigkeit solcher platonischer Verliebtheiten durchaus nicht bei Liebeleien gemeinerer Natur störte (falls das Liebeleien gewesen sind). Denn einmal ertappte mich, den Achtjährigen, mein Vater, als er in die Küche kam, bei einer trivialen Beschäftigung: Er kam hinzu, als ich unser Dienstmädchen in den Hintern kniff. In seiner Verwirrung sagte er wohl so etwas wie „ach so" oder „ach, Verzeihung" und ging gleich wieder hinaus. Interessant ist ebenfalls, daß ich mich zwar an einige meiner damaligen Taten und sogar Empfindungen zu erinnern vermag, jedoch an keinerlei Gedanken; es ist durchaus möglich, daß ich mit ihnen überhaupt nicht über den Bereich der unmittelbar gegebenen, sinnlichen Erfahrungen hinausgegangen bin. In der Słowackistraße befand sich gegenüber dem Hauptpostamt das Büro der Cunard Line, einer Reederei, und in jedem seiner Fenster stand ein großes Modell eines Ozeandampfers. Diese herrlichen Schiffe folgten mir, wohin ich ging, ich träumte von ihnen, sie besaßen alles comme il faut, sogar messingene Schrauben an den Steuern, Tauwerk, Masten, unzählige Bullaugen in Reihen, Decks, Kommandobrücken, Miniaturschaluppen, Treppen und Rettungsringe. Ich träumte hoffnungslos und voller Glut von ihnen, wahrscheinlich hatte Kuba, der Aufschlitzer, auf ebenso ideale Weise von den Mädchen geträumt, die ihm nicht in die Hände fielen. Seine Schwärmereien waren sicherlich ebenso harmlos wie meine vor den Fenstern der Cunard Line, erst ihre Verwirklichung wurde der Weg, der zum Verbrechen führte. Vielleicht war es also ganz gut, daß es mir nie gelang, eines dieser zwei Meter langen Wunder in Reichweite zu bekommen – denn früher oder später hätte meine Hand doch zum Hammer gegriffen.

Das Kind, das ich gewesen bin, interessiert und beunruhigt mich zugleich. Gewiß, ich habe niemanden ermordet, ausgenommen die Puppen und die Grammophone, trotzdem sollte man berücksichtigen, daß ich physisch schwach war und Unterdrückungsmaßnahmen von seiten der Erwachsenen befürchtete. Mein Vater schlug mich nie, die Mutter versetzte mir manchmal einen Klaps, das war alles, aber es gab ja noch viele andere, weniger direkte Mittel und Methoden, die vom Tadel bis zur Verweigerung des Nachtisches reichten. Doch wenn vierjährige Kinder mit ihrer Kraft ihren Eltern ebenbürtig wären, sähe unsere Welt anders aus. Sie bilden wirklich eine ganz und gar andersgeartete Gattung, bestimmt sind sie nicht weniger kompliziert als die reifen Menschen – aber diese Kompliziertheit steckt bei ihnen an einer anderen Stelle. Habe ich denn nicht mit Verzweiflung im Herzen mein Spielzeug zertrümmert? Habe ich etwa nicht später (unabhängig von den auferlegten Strafen) seinen Verlust bedauert? Warum fand ich, wenn ich so ängstlich war, Gefallen an riskanten Situationen – und stimmt das überhaupt? Etwas lockte mich jedoch, wenn ich mich möglichst weit aus dem Fenster beugte, und ich wußte genau, so durch die Geschichte mit dem „Fliegenmenschen", was ein Sturz aus der zweiten Etage bedeutete. Ich erinnere mich auch, wie ich meinen Onkel erschreckte, als ich in den Winterferien in Tatarów plötzlich unter die Lokomotive eines Zuges kroch, der gerade abfahren sollte, um möglichst schnell einen Eiszapfen abzubrechen, der von den Zylindern herabhing. Ich hatte große Angst, daß der Zug losfahren würde, aber offenbar brauchte ich diesen Eiszapfen sehr dringend. Sollte das die von den Psychologen beschriebene Zwangsaktivität sein, eine Art Aufdringlichkeit? All das sind bekannte Erscheinungen; ich habe Perioden, in denen ich Fenster und Türen zählte, durchgemacht, Phasen komplizierter Rituale, ich zwang mich, so zu gehen, daß ich nur auf die Platten des Bürgersteigs trat, ohne den Fuß ihren Fugstellen zu nähern, und mit dem Atmen hatte ich geradezu unheimliche Schwierigkeiten. Ich versuchte, so lange ich konnte, den Atem anzuhalten oder irgendwie besonders zu atmen, es gab da ein eigenartiges Luftholen und Luftausstoßen, vornehmlich vor dem Einschlafen, ein sonderbares Zurechtpuffen des kleinen und des großen Kopfkissens, das Errichten eines Käfigs aus der Steppdecke und so weiter.

Ich hatte ferner, manchmal während einer Krankheit, manchmal jedoch auch, wenn ich ganz gesund war, besondere Empfindungen, die man – wie ich dreißig Jahre später erfuhr – als Störung des Körperschemas bezeichnet. Ich lag im Bettchen, die Arme auf der Brust, und plötzlich begannen meine Hände zu wachsen, während ich unter ihrer unglaublichen Enormität immer kleiner wurde – das wiederholte sich immer auf ziemlich ähnliche Weise, und ganz bestimmt im Wachzustand. Die Fäuste nahmen die Ausmaße von Bergen an, die Finger verwandelten sich in gewaltige geschlossene Bögen, alles an ihnen wurde monströs, erlag einer Elephantiasis; ein wenig fürchtete ich mich davor, aber wiederum nicht allzusehr, das war recht sonderbar – und ich habe davon niemandem etwas erzählt.

3

Jetzt sehe ich, daß ich wohl doch ein einsames Kind gewesen bin, aber das habe ich damals gar nicht gewußt. Ich wollte gern ein Brüderchen oder ein Schwesterchen haben, eigentlich wohl – wie ich befürchte – einen kleinen Sklaven. Ich las gern Anzeigen in den Zeitungen, in denen von Kindesabtretung die Rede war. Solche Annoncen kamen recht häufig vor. Ich träumte davon, wie schön es wäre, wenn wir ein solches Kind zu uns nähmen; die Verschwommenheit dieses Wunsches erscheint mir heute verdächtig. Andere Kinder besuchten mich nicht sehr oft. Das bedeutet nicht, daß es sie überhaupt nicht gegeben hätte, aber sie bildeten eine Randerscheinung, eine Ausnahme von der Regel, wenn nicht gar eine Seltenheit.

Im Sommer und im Herbst fuhren wir sonntags gewöhnlich vor die Stadt, stets an die gleiche Stelle, nämlich zur städtischen Parkgaststätte des Herrn Rucki, die sich an der Stryjer Chaussee in der Nähe der Schlagbäume befand. Das Bezahlen des Zolls war eine unterhaltsame Unterbrechung der Fahrt, während der ich natürlich auf dem Bock saß. Der Kutscher, eigentlich der Droschkenbesitzer, war immer derselbe und hieß in Wirklichkeit Kramer oder Kremer, aber ich nannte ihn Dicker, und dabei blieb es. Er war stämmig, rot im Gesicht und hatte große Geduld mit mir. Von ihm erfuhr ich allerlei Wichtiges über Pferde, unter anderem auch, daß das Pferd den Menschen achte, ihm gehorche und ihn fürchte, weil es so große Augen habe, die alles vergrößerten. Der Mensch erscheine ihm deshalb viel mächtiger. Aus diesem Grunde seien Pferde auch so ängstlich – sie hielten nämlich alles für riesig.

Ich mußte eine Beschäftigung für die langen Stunden finden, während derer mein Vater, Onkel Fryc und die übrige Gesellschaft unter den Obstbäumen saßen und Karten spielten; Rucki hatte eine Kegelbahn, aber lange Zeit hatte ich nicht genügend Kraft, um die große Kugel werfen zu können, doch schließlich wurde ich auch für diese Kugeln groß genug. Manchmal gelang es mir, mich mit dem Dicken nicht nur über theoretische Dinge zu unterhalten, sondern ihn auch dazu zu bewegen, daß er ein Pferd ausspannte, auf dem ich etwas reiten konnte; und wenn er es ablehnte, was er übrigens höflich tat, oder wenn er in der Droschke mit den Beinen auf auf dem Bock eingeschlafen war, verdrückte ich mich in die Himbeeren, wo es eine Menge scheußlicher Brennesseln gab, notfalls schlich ich mich zu den Spielenden. Der Onkel hatte einen Hut, der mich reizte, weil er so steif war. Ich versuchte mit ganzer Kraft, seinen Boden einzudrücken, aber er hielt stand, als steckte Stahlblech unter dem schwarzen Filz.

Irgendwie verstand ich es, mir selbst zu genügen, denn ich erinnere mich nicht, mich je gelangweilt zu haben. Ich besaß ja alles, Spielzeug, Bücher, auch Plastilin, aus dem ich Elefanten und Pferde (die gelangen mir nicht so gut) formte oder Wiener Würstchen, Knacker und auch Puppen. Den letzteren höhlte ich den Bauch aus und legte Därme, Lebern, und Lungen hinein, die ebenfalls aus Plastilin waren, denn ich hatte ja schon ein bißchen Ahnung davon, wie es da drinnen aussieht. Am besten gelang das, wenn ich verschiedenfarbiges Plastilin dazu nahm, denn dann konnte man dem Patienten den Bauch zukleben und ihn zwischen den Händen rollen, bis aus allem ein lustiger Kloß mit vermischten, breitgeriebenen, kunterbunten Schichten geworden war; aus einem solchen Klumpen wurde der nächste Delinquent erzeugt, und so ging es immer weiter.

Ich war ja bis zu meiner Gymnasialzeit wenig selbständig, daher kannte ich außer unserer nächsten Umgebung nur sehr wenig von Lwów; ein bißchen die Kazimierzstraße, die nähere Umgebung des Brygidki-Gefängnisses, eines düsteren Gebäudes mit dicken Mauern, weil unweit davon die Bernsteinstraße abzweigte, in der Onkel Fryc seine Anwaltspraxis hatte. Ich kannte auch noch die Gródeckastraße, durch die wir in die Ferien zu fahren pflegten, nämlich zum Bahnhof, der in seiner Pracht und gewaltigen Größe am Ende der Fochallee prangte.

Onkel Fryc wohnte in der Kościuszkostraße, nicht allzu weit von der Brajerowskastraße entfernt, und ich war durchaus imstande, allein dort hinzugehen, was jedoch nie geschah. Vor dieser Wohnung hatte ich zunächst etwas Angst, wegen eines Bärenfells, das mit aufgerissenem Rachen und gefletschten Zähnen mitten im Salon lag. Viel Wasser mußte die Pełtwa entlangfließen, bevor ich es wagte, diesem Bären die Finger in den Rachen zu stecken. Den Onkel mochte ich sehr gern, obwohl er sich einmal einen grausamen Scherz mit mir erlaubt hatte. Er brachte mir einmal ein ungeheuer großes Paket als Geschenk, auf das ich mich sogleich stürzte, um die Verpackung abzureißen, aber das währte lange, sicherlich eine Viertelstunde, bis ich, verschwitzt und zitternd, inmitten des zerfetzten Papiers – mit einem Püppchen, das kleiner als eine Bohne war, dastand; der Onkel hatte über diesen Scherz gelacht, mit dem er mich tief verletzte.

Wenn ich mich überhaupt bereit erklärte, in die Kościuszkostraße zu gehen, so vor allem wegen des großen schwarzen Flügels, auf dem wohl niemand spielte. Ich liebte es, die Klaviatur mit raschen Griffen zu mißhandeln, denn ich fand Geschmack am „big beat", an brüchigen und heftigen Kakophonien; mit meinem Gehör war es nicht zum besten bestellt, und ich kann von Glück reden, daß meine Eltern nicht ein einziges Mal den Versuch machten, meine Musikalität, die von Natur aus gering war, der strengen Disziplin eines Spiels auf einem Instrument auszusetzen. Außer den zahlreichen schweren und langen Portieren, an denen Tante Niunia, des Onkels zweite Frau, großen Gefallen fand, beherbergte die Wohnung in der Kościuszkostraße sehr festliche Möbel, gewiß irgendwelche Louis-Imitationen. Ich kann mich noch an einen vergoldeten Spiegel auf Beinen (wohl denen eines Löwen) erinnern, an einen bemalten hölzernen Greif auf einem Sockel mit einem kleinen, rittlings daraufsitzenden Neger, an einen Leuchter aus tausend irisierenden Glasstückchen sowie an einen interessanten Gegenstand: ein großes Faß aus rotem Kupfer, das in einer fensterlosen Nische stand; es war gänzlich nutzlos, und deshalb machte es mich neugierig.

Ich verdanke diesem Onkel viel: Er gestattete mir nämlich, eine Enzyklopädie aus den achtziger Jahren, einen Brockhaus und einen Meyer, die sich in seiner Kanzlei auftürmten, in die Brajerowskastraße mitzunehmen. Ich mußte diese gewaltigen Bände einzeln tragen, weil sie so schwer waren. Natürlich konnte ich sie nicht lesen, ich konnte ja nicht Deutsch, aber sie waren voll bunter Tafeln und einfarbiger Holzschnitte, und so verbrachte ich viel Zeit über diesen schweren, verstaubten Bänden. Die Welt, die jene Enzyklopädie zeigte, war bereits damals, in den zwanziger Jahren, ein wenig fossil, es klang beinahe alles wie ein Anachronismus, aber ich wußte weder davon etwas, noch schadete mir das. Die Eisenbahnen der achtziger Jahre, die eisernen Brücken mit den gußeisernen Girlanden, die Lokomotiven mit ihren üppig gekrönten Schornsteinen, ebenso die Personen, die darin fuhren, die bärtigen und schnurrbärtigen Herren – all das erschien mir wunderbar, durchdrungen von unbeschreiblichem Reiz. Auch die damaligen Dynamomaschinen, diese archaischen Vorrichtungen mit Rädern, deren Speichen selbstverständlich verziert waren, die Elektromotoren sowie die verschiedenen neuesten Erfindungen, wie etwa die Droschke ohne Pferd, angetrieben von Akkumulatoren, die der letzte, der Ergänzungsband, enthielt; am belustigendsten war die Tatsache, daß es in jenen Werken alles gab, und zwar alles nebeneinander – Elefanten, Vögel, Pflanzen, Rekonstruktionen von Mammuten, preußische Orden auf bunten Tafeln, Porträts der Herrscher, Negerphysiognomien, Krüge, Kleinodien. Mit großem Behagen vertiefte ich mich in diese Enzyklopädie; jeden Band wertete ich gewissenhaft von A bis Z aus, wobei ich mich bemühte, nichts zu übergehen. Ich entsinne mich nicht, überhaupt gewußt zu haben, was das für ein Werk war und wozu es eigentlich diente. Sicherlich kümmerte mich das nicht. Wenn ich also auch nicht begriff, daß das eine vollständige katalogisierte und beschriebene Welt war oder auch nur ihr Querschnitt durch die achtziger Jahre des 19. Jahrhunderts, so nahm ich die Sache wohl dennoch richtig auf: Alles darin war für mich gleichermaßen gut, doch natürlich nicht gleichermaßen interessant. Es war eine vortreffliche Ergänzung jener Erkundungen, die ich in Vaters Bibliothek vornahm. So manche Gravüre wurde gewiß später meine Eingebung, als mich die Leidenschaft gepackt hatte, Erfindungen zu machen, außerdem diente mir die Enzyklopädie, die sich in unserer Wohnung das Bürgerrecht erworben hatte und in einem alten weißen Schränkchen in dem Zimmer neben der Küche aufgereiht war, als ein besonderes Versteck. Hinter den einzelnen Bänden war nämlich viel Platz, genug, um dort Fläschchen mit geheimen Mixturen oder einfach mit alkoholischen Getränken, die ich in größter Heimlichkeit aus den in der Anrichte stehenden Flaschen abfüllte, aufzustellen.

Es fällt mir viel leichter, von den Gegenständen meiner früheren Kindheit zu sprechen als von den Menschen. Damals waren aber auch nur die Gegenstände, wenn ich so sagen darf, mir gegenüber aufrichtig. Sie gaben sich mir restlos hin, ohne etwas zu verbergen, sowohl jene, die ich vernichtete, da sie mir auf Gedeih oder Verderb überlassen waren, als auch jene, denen gegenüber ich machtlos war. Gewiß – die Eltern oder die mir nahestehenden Menschen hatten ihre sehr natürlichen Motive, weshalb sie ihre Probleme und Angelegenheiten dem Kinde weder anvertrauen konnten noch wollten. Das ist notgedrungen so, anders konnte es nicht sein. Trotzdem drangen ihre Angelegenheiten manchmal zu mir, fragmentarisch, unvollständig, unbegreiflich oder aber in ihren entfernten Folgen; von jemandes bösem Willen kann da nicht einmal die Rede sein. Manches habe ich später erfahren, und so könnte ich diesen Bericht ergänzen, ihn mit Erklärungen und Glossen versehen, deren richtige Proportionen – das heißt die Proportionen von Erwachsenen – Ordnung in die Schilderung bringen würden, die eben infolge ihres Fehlens einseitig ist und an vielen Stellen keinen Schlüssel besitzt. Aber das gerade will ich nicht tun, denn mir ist an der Schaffung einer solchen doppelten Perspektive nichts gelegen. Ich schreibe nämlich weder die Geschichte meiner Familie, noch schildere ich die Fährnisse ihrer einzelnen Vertreter. Meine

Absicht ist viel bescheidener. Es geht mir nicht nur um das Kind, das ich war. Ein Kind hält ja seine Welt nicht für unvollständig, für lückenhaft, so daß sie rückwärtsgewandter, retrospektiver Ergänzungen in einer schwer zu definierenden Zukunft bedürfte – und natürlich verhält es sich instinktiv so, nicht aus freien Stücken, denn es ist sich ja seiner Ausnahmesituation in der Welt der Erwachsenen, zumal in einem solchen Licht, nicht bewußt. Wer eine Gesellschaft beschreibt, die eine Magie praktiziert, braucht nicht bei jedem Schritt ihre Glaubensakte zu korrigieren, indem er verschiedene Dementis, Erklärungen, rationale Erläuterungen abgibt, und er braucht auch nicht ständig dem Aberglauben zu widersprechen, die Gültigkeit der Beschwörungen und die Wirksamkeit des Zaubers zu untergraben. Wenn sie nämlich keinen realen Einfluß auf die materielle Welt besitzen, so haben sie doch gewiß einen, und zwar einen gewaltigen, den einzigen und entscheidenden auf jene, die an sie glauben. Genauso verhält es sich mit dem Kind; in dieser subjektiven Sicht zählen die Erlebnisse und nicht die richtige Auslegung der Fakten – eine Auswahl trennt nicht die richtigen Versionen von den falschen, sondern wird die stillschweigende Vollstreckerin der Gebote des Gedächtnisses, das eben das registriert hat, was es registriert hat – ohne jede Möglichkeit einer Berufung.

4

Das Schreiben von Kindheitserinnerungen ist – besonders für jemanden wie mich, der ein schlechtes Gedächtnis hat – eine ziemlich riskante Beschäftigung, zumal ich ja noch den Professionalismus des Phantasierens zügeln muß, nämlich das Gruppieren isolierter Einzelheiten zu einem zusammenhängenden Ganzen, einerlei, ob diese den Tatsachen getreu entsprechen. Und da ich außer den phantastischen Büchern auch einen zeitgenössischen Roman verfaßt habe, sind schon so viele Biographien fiktiver Gestalten von mir entworfen worden, daß sich die Rückkehr zu meiner eigenen Person, obendrein aus einer Zeit vor vielen Jahren, unter einer möglichst strengen Selbstkontrolle vollziehen muß. Sehr literarisch, im beruflichen Sinne, ist die Gewohnheit, die Konstruktion eines Ganzen anzustreben, das heißt die Errichtung bestimmter Ordnungen, bestimmter Sequenzen von Ereignissen, die einander auf irgendeine Weise abschließen und erklären; übrigens gehört diese Neigung, wie ich manchmal glaube, überhaupt zu den elementaren Bestrebungen der menschlichen Natur, sowohl in ihren mehr individuellen als auch in ihren gesellschaftlich-kollektiven Manifestationen. Und das schon seit der frühesten Zeit, denn was sonst sind Mythen, wenn nicht ein Aufzwingen der Ordnung sogar bei solchen Erscheinungen, die diese – in sich selbst – nicht besitzen; daher gehen alle Mythen, wie sehr sie sich auch von den philosophischen Systemen oder wissenschaftlichen Theorien unterscheiden mögen, mit ihnen darin konform, daß sie die Möglichkeiten eines allgemeinen oder zumindest ziemlich verbreiteten Herrschens des Chaos als einer Regel der Ereignisse verneinen. Doch wenn auch das Chaos in reiner, durch keinerlei Ordnungsarten getrübter Gestalt ganz gewiß in der materiellen Welt nirgends existiert, so neigen wir ebensowenig dazu, jeden Typ der sich objektiv in den Erscheinungen offenbarenden Ordnung zu akzeptieren. Weder ein Romanschriftsteller noch ein Biograph kann sich mit der Anwendung von nur statistischen Gesetzmäßigkeiten zufriedengeben, von der Art der großen Menge oder der Brownschen Molekülbewegungen; dort also, wo lediglich solche Ordnungen herrschen, die die Richtung des Ablaufs von Erscheinungen gerade noch in einer allgemeinen Weise bestimmen und die eine Vielzahl von Lücken für die Wirkung des blinden Zufalls übriglassen, zwängt sich am leichtesten ein vom Autor nicht einmal bewußt eingeführter Überschuß an Systematisierung dazwischen, ein Übermaß davon, das in der realen Welt keine Entsprechung findet und das der Ausdruck frommer Wünsche oder der Einseitigkeit des Sehens oder schließlich gar der Unterwerfung unter die herrschende Methodologie oder Ästhetik ist. Wer in die dargestellte Wirklichkeit ein Übermaß an Ordnung einfügt, das in ihr nicht vorhanden ist, der zeigt uns meist – ein idealisiertes Bild. Um also, sagen wir einmal, das Idyllische, die Unschuld der Kinderjahre zu betonen, konstruiert er „sündenlose Jahre", oder umgekehrt, um sich einer solchen Schilderung zu widersetzen, gestaltet er eine Welt von Kindern, die kleine Ungeheuer sind, wobei er sich lediglich auf biographische Aussagen beschränkt, weil die uns hier interessieren. Davon, daß jemand sich um gar keine Regeln kümmert und „alles" sagt, kann keine Rede sein, eine Selektion findet nämlich immer statt, unterschiedlich sind nur die zum Sieben angewandten Kriterien. Und schließlich – in meinem Bemühen, mich auf mein Gedächtnis zu verlassen, vertraue ich ihm als dem selektionierenden Faktor, mache ich mich von dem abhängig, was ich mir merken konnte. Daher glaube ich, daß die Grenze der Merkfähigkeit die Schranke der Aufrichtigkeit ist.

Ziemlich beunruhigend erschien mir beim Schreiben dieser sechzig Seiten an Erinnerungen der Umstand, daß ich so oft den Eindruck hatte, nicht etwa die Ereignisse darzustellen, sondern ihre – irgendwo und irgendwie literarisch bereits travestierten – Versionen. In der Tat hatte ich die „Irrungen des Dr. Stefan T." mit der Kindheit des Helden begonnen, und diesen einleitenden Teil des Buches, den ich mehrfach umgeschrieben und bearbeitet hatte, beschloß ich letztlich in seiner Gesamtheit wegzulassen. Darin eben fand sich ein Maximum an Erinnerungsmaterial aus meiner frühen Kindheit. Außerdem haben sich manche ihrer Splitter auch auf andere Bücher verteilt, so bin ich denn in der undankbaren Lage eines Menschen, der nicht einfach in ein Reservoir von Chronikfakten greifen kann, selbst wenn diese völlig chaotisch miteinander vermischt wären, sondern der diese Fakten gewissermaßen mit Gewalt aus den verschiedensten Konstruktionen herausreißen muß, in denen sie von möglichst vollkommenen Nachahmungen der Wahrheit umwuchert sind. Dies ist die ironische Variante des Geschicks eines Zauberlehrlings oder einfach nur eines Lügners, der sich in seinen Erfindungen zu verstricken beginnt.

Selbstverständlich trifft das in höherem Grade für Berichte über Erlebnisse, über psychische Reaktionen zu denn über rein sensuelle Erfahrungen; indem ich das behaupte, untergrabe ich, und dessen bin ich mir bewußt, jene Konzeption, die dem Erinnern voranleuchten sollte: um Interpretationen und Versionen der Erlebnisse von diesen selbst zu isolieren, um sie in reiner Form zu präparieren. Das ist unmöglich, wenn wir verlangen, daß die ganze Wahrheit und nur die Wahrheit geschrieben werden soll. Das Kind, das ich gewesen bin, wird dann schon ein Kantsches „Ding an sich"– ich kann es aufspüren, ich kann Mutmaßungen darüber anstellen, ohne jemals zu wissen, in welchem Maße mir das gelingt, wenn ich nur reproduziere, rekonstruiere oder aber wenn ich die so gezogene Grenze überschreite und Fragmente einer Wirklichkeit, die überhaupt nicht existiert hat, aus meinen Vermutungen gestalte.

Es ist belustigend, daß das menschliche Streben auf ähnliche Schwierigkeiten in den Bereichen stößt, die von der Rückkehr in die „Welt der Kinderjahre" scheinbar unendlich weit entfernt sind. Wenn man nämlich nur Genauigkeit und sehr große Bewußtheit verlangt, wenn man es mit der Exaktheit übertreibt, erweist sich, daß man eigentlich die objektiven Fakten nicht mehr von ihrer Auslegung trennen kann, die ja die sprachlichen Elemente, die einzelnen Wörter ebenso wie die Regeln der Grammatik oder der Syntax, auf dem Grunde der Sprache Interpretationen und keine getreuen Abbilder der Gegenstände oder der psychischen Erscheinungen sind. Natürlich vermittelt eine solche Feststellung keinen Trost, obschon sie wenigstens Ablaß zu erteilen vermag. Ein Übermaß an Wissen erweist sich zuweilen als eine Bürde, als Ballast, der das Handeln behindert, denn wer genau weiß, wie viele „Kindertheorien" in der Psychologie oder in der Anthropologie ihr Unwesen treiben, muß sich dessen bewußt sein, daß er unwillkürlich zu einer jener theoretischen Grundlagen tendieren wird, daß ihn seine intellektuellen, charakterologischen Prädilektionen zu einer von ihnen drängen werden, ganz gleich, wie er sich bemüht, sich zu beschränken und einfach, aufrichtig, authentisch zu sein, weil er das Kind, das er war, durch eine Brille betrachtet, die ihm alle späteren Jahre auf die Nase gesetzt haben. Und dagegen gibt es keinen Rat.

Soviel zur „Theorie" vom Kind als unbekanntem Wesen; mit den Jahren wird es das in immer geringerem Maße; aber es erfolgt, wie mir scheint, gleichzeitig auch ein Prozeß einer eigentümlichen Banalisierung, in Gestalt einer Normalisierung, das heißt einer Angleichung an die Gruppe, in der und mit der man heranwächst. Der ewige Streit um das, was im Menschen die Gesamtheit der angeborenen Faktoren verkörpert und was er dank Milieueinflüssen erwirbt, wird jetzt nur noch um die ersten Jahre der Kindheit geführt, und wir können vielleicht hier nicht nur theoretische Enthüllungen, sondern sogar eine pädagogische Revolution erwarten, wenn sich wirklich herausstellt, daß man die Grenze der Bildung, der Einführung in die Kultur und ihre Gewohnheiten auch intellektueller Natur sehr beträchtlich in Richtung der ersten Jugend verschieben kann. Was angeblich aus Kindern von wenigen Jahren Personen machen könnte, die sogar Elemente der höheren Mathematik beherrschen.

Aber es kommt hier weniger auf die Zukunft an, da ich diesmal von der Vergangenheit spreche. Wenn ich mich mit ihr befasse, so verlasse ich mich ausschließlich auf mein Gedächtnis. Vergebens habe ich nämlich versucht, seine Lücken, sein anarchisches Diktat zu ergänzen, indem ich alte Bücher und Alben durchblätterte. Gewiß, die Bilder der Straßen, der Plätze, der Kirchen waren für mich heimisch, jedoch wohl eher so, wie die Winkel einer Wohnung heimischer für die Mäuse sind als für ihre rechtmäßigen Bewohner. Stutzig machte mich vor allem, daß mir der Stadtplan noch am meisten zu sagen hatte, dabei ist er eine höchst abstrakte Zeichnung, das trockene Diagramm des Straßenverlaufs. Wie es scheint, ist das Gedächtnis mit seinen Mechanismen, die der Entschlüsselung durch die Wissenschaft so ausdauernd trotzen, vielfältig und gleichsam vielschichtig. Den Weg von unserer Wohnung zum Gymnasium könnte ich wohl noch heute mit geschlossenen Augen gehen – er hatte sich im Laufe der Jahre durch ständige Wiederholung so sehr gefestigt, daß er wie eine Melodie geworden ist – das nämlich, was der Psychologe die „kinetische Melodie" nennt. Daher der Vergleich mit einer Maus, die sich zwar genau in ihrer Umgebung zu orientieren vermag, aber sicherlich nicht zu ihrer ästhetischen Einschätzung fähig ist – ähnlich wie ich als Lwówer Gymnasiast nicht dazu imstande war. Zweifellos bin ich an den Denkmälern der Architektur, am armenischen Dom, an den alten Markthäusern mit dem berühmten Schwarzen Haus an der Spitze vorbeigegangen, aber ich weiß nichts davon. Frühmorgens um halb acht pflegte ich Wasser in meinen Kaffee zu gießen, damit er abkühlte, und ging durch die Moniuszko- und durch die Chopingasse, über den Smolka-Platz mit dem steinernen Smolka in der Mitte, durch die Jagiellońskastraße, vorbei am Kino „Marysienka" zur Straße der Legionen. Links im Hintergrund schimmerte die Ansicht des Theaters, doch wie der Leuchtturm einen Segler, so lockte mich ein weit weniger ansehnliches Gebäude, das an der Ecke des Duch-Platzes stand, der Kiosk mit den Erzeugnissen des Herrn Kawuras.

Kawuras produzierte Halwa in zwei Sorten Verpackung, zu zehn und zu zwanzig Groschen. Ich bekam gewöhnlich fünfzig Groschen in der Woche und schwamm daher an Montagen geradezu in Halwa, von Mittwoch an war es dagegen schlimm. Ich schlug mich auch mit einem schwierigen

Problem herum, aus dem Grenzgebiet der Geometrie der Körper und der Algebra – was sich mehr lohnte, ein Päckchen für zwanzig oder zwei zu zehn. Der durchtriebene Kawuras erschwerte mir die Entscheidung, indem er den Päckchen unvergleichbare Formen verlieh, und ich wußte bis zum letzten Augenblick nicht, wozu ich mich entschließen würde.

Der weitere Weg führte quer über den Markt vor den gewaltigen Block des Magistrats mit dem Rathausturm, vorbei am Neptunbrunnen und an den am Tor steinern dahockenden Löwen, durch die enge Russische Straße hindurch bis zum Unterwall, wo das zweistöckige, von Bäumen umgebene Gymnasialgebäude stand.

Wenn ich keinen Groschen bei mir hatte, ging ich lieber an dem sogenannten Wiener Café vorbei, vielleicht, damit der Anblick der fetten Halwamauern hinter der Kioskscheibe mir nicht das Herz brach. Neben dem Café befand sich der erste Orientierungspunkt, eine elektrische Uhr, der nächste war auf dem Markt, hoch am Rathausturm. Sie ließen erkennen, ob man noch vor einem Schaufenster stehenbleiben durfte oder die Beine in die Hand nehmen mußte. Das war eigentlich alles, was sich das Auge gemerkt hatte, und viel von dem, womit sich der Geist beschäftigte. Ich war wirklich wie eine Maus, und die Gesellschaft tat, was sie nur konnte, um mich mit der Hilfe des Lehrkörpers in einen Menschen umzuformen. Ob ich mich dagegen sträubte? Allein wohl kaum, eher schon als Teil der Schülergemeinschaft. Gewiß, die hervorragendsten Schriftsteller der Welt haben hier schon Unübertroffenes zu sagen gewußt. Sie haben das Gymnasium als ein kompliziertes Spiel gezeigt, als den Kampf widersprüchlicher Interessen also, in dem die Seite des Lehrers, die auf den Positionen von Autorität und Macht steht, den Schülern ein Maximum an Information in die Köpfe zu zwängen versucht und in dem die andere Seite, von Natur aus schwächer, jener Information auf jede erdenkliche Weise auszuweichen bemüht ist. Das gelingt ihr nicht vollends – aber der unvernünftige, bis zur Verzweiflung intensivierte Klassenwiderstand, eine Mischung aus kleinen Schurkenstreichen und allgemeiner

Trägheit, legt es wenigstens nach Kräften darauf an, all das, was eine wissenschaftliche Hilfe, ein materielles Mittel des Unterrichtsverfahrens ist, zu depravieren, zu beschmutzen oder erniedrigend zu kommentieren. Reich ist die Mikrolandschaft der pädagogischen Bataillistik gewiß nicht. Sie stellt jedoch das Schlachtfeld für Prüfungsduelle dar, für Massenschlächtereien, das heißt für die Klassenarbeiten, für jegliche Täuschungsmanöver, Tarnungen, Listen und Fluchten, bei denen jede Bank eine Festung ist, die Kreide manchmal ein Geschoß sein kann und das Klosett, wie so oft, sich als die letzte Zuflucht und Rettung erweist.

Aus mühseliger Anstrengung entsteht so eine spezifische Gymnasialsubkultur, in allen Ritzen und Fugen der offiziellen, denn die Klasse, die die Bänke mißhandelt, Sgrafitti an die Wände des Klosetts kratzt, Fliegen in der Tinte ersäuft, Kreide anfeuchtet und Schwämme zerfetzt, den weiblichen Nationalhelden Schnurrbärte und ihren männlichen Gegenstücken Brüste anmalt, antwortet nur dem Scheine nach auf den Imperativ der Ordnung durch Erzeugung von Chaos. In Wirklichkeit errichtet auch sie eine Ordnung, aber eine, die die materiellen Lehrmittel durch Bekleben mit albernem Zeug unschädlich macht – deshalb behandelt sie Federhalter wie Gegenstände eines Gesellschaftsspiels oder vertiert die Hefte, indem sie ihnen Eselsohren beifügt. So liegt in dem scheinbaren Wahnsinn der schreihälsigen Schülerhorde eine Methode, ja sogar eine Religion, denn nicht umsonst ruft die in den Bänken gegen das Lehrerpult verschanzte Klasse den Götzen der großen Albernheit an.

Es wurden Experimente an mir durchgeführt. Ich wurde wohl bereits 1932 in die erste Klasse des alten Gymnasiums aufgenommen und durfte den Kragen, den man am Hals mit Hefteln zuknöpfte, mit einem Silberstreifen schmücken, an den sich weitere anschließen sollten, bis in der fünften Klasse dann das Silber dem Gold weichen würde. Aber aus der zweiten Klasse kam ich in die erste neuen Typs zurück. Die steifen, viereckigen Mützen mit gelber Samteinfassung, deretwegen man uns Kanarienvögel nannte, wurden durch runde, weiche ersetzt, und der Fortschritt zeichnete sich auch im neuen Schnitt der dunkelblauen Schuluniformen ab. Die Hosen hatten in der unteren Stufe einen hellblauen Besatz; dazu trug man eine Bluse, die am Kragen offen war wie eine Ziviljacke. Man kennzeichnete uns auch durch Schilder. Als aus dem zweiten Gymnasium das fünfhundertsechzigste wurde, nahmen wir den Kampf mit diesen Schildern auf. Der Direktor umkreiste vor acht in Begleitung eines Klassenältesten das Schulgebäude, indes die Schüler ihn eifrig grüßten. Hin und wieder forderte er einen von ihnen auf, näher zu kommen, weil er feststellen wollte, ob das Schild vorschriftsmäßig angenäht oder nur liederlich angeheftet war. Manch einer trug also Nähzeug in der Tasche und verwischte, von Bekannten gewarnt, in irgendeinem Flur in der Russischen Straße durch fieberhafte Schneiderarbeit die Spuren des verbrecherischen Lebens. Was mich betrifft, so hatte meine Mutter das Erkennungszeichen fest angenäht, wessen ich mich schämte und was ich auf Umwegen zu bekämpfen suchte, da mir schließlich der Einfall kam, was man damit im Rahmen der obenerwähnten Subkultur anfangen könnte. Doch darüber später an einem besonderen Platz.

Mit dem Verschwinden des alten Gymnasiums erlebte ich auch den Tod der Bänke – sie wurden in fast allen Klassen durch moderne Tische mit Schubfächern und durch Stühle ersetzt. Die Bänke sind für mich etwas Archaisches, ein Relikt der vergangenen Epoche, mit der ich nur flüchtig, bereits an ihrem Lebensabend, in Berührung gekommen bin. Ich denke an sie mit echter Rührung zurück. Lassen wir jedoch die Gefühle aus dem Spiel, mir scheint, daß man die letzten Exemplare der alten Schulbänke sammeln sollte, falls sie überhaupt noch irgendwo existieren, um sie in Museen unterzubringen, mit dem gleichen Recht wie die Relikte der Aurignac- oder der Moustierkultur. Der paläolithische Mensch ritzte in Stein, der gymnasiale – in die Bank. Sie war ein dankbarer Werkstoff. Weise, erfahrene Tischler müssen ihn entworfen haben – im Gedanken an die tausendfachen Schülerwogen, die mit ständig erneuerter Flut versuchen würden, die hölzernen Fesseln zu zertrümmern. Die Ränder der Pulte wurden mit der Zeit glatt wie Elfenbein, weil die Hände unzähliger zum Antworten gezwungener Generationen sie dort in verzweifeltem Krampf angefaßt hatten. Der Schweiß und die Tinte drangen in die dicken Bretter, so daß sie mit der Zeit ihre unbeschreibliche graubraun-bläuliche Tönung bekamen; Schreibfedern, Schneiden von Taschenmessern oder einfach Fingernägel, vielleicht sogar, wer weiß, auch Zähne haben sie mit Girlanden geheimnisvoller Zeichen, mit den Zeilen einer Hieroglyphenschrift beritzt, deren Schichten sich überlagerten, weil jede nachfolgende Generation die Mühen der vorangegangenen steigerte, und so entstanden tiefe, vorsätzliche Anbohrungen, während sich die unbeschreibliche Glätte der Knorrenlöcher aus der Sisyphusarbeit während der Unterrichtsstunden ergab. Aber auch das ist noch nicht alles. Wenn die verschärften Maßnahmen ihren Gipfel erreichten und man mit verschränkten Händen dasitzen mußte, ruhten die Augen, diese Diener der Seele, über die der Lehrkörper keine Macht besaß, in dem letzten Versuch, auszuweichen und zu fliehen, auf der Zeichnung der Holzschichten; bei entsprechender Konzentration konnte man taub werden für die Worte des Lehrers. So wie sich Hamlet als Herr unendlicher Räume fühlen würde, wäre er in eine Nußschale gesperrt, konnte sich jeder, dank seiner Bank mit den abstrakten Mäandern ihrer Oberfläche vereint und von süßer Verblüffung erfaßt, auf diese perverse Art des Entrinnens erholen.

Gewiß – man kann auch in eine polierte Tischplatte verschiedenes Zeug schnitzen, aber das ist nicht dasselbe. Das wurde ohne innere Überzeugung getan und somit ohne Kunstfertigkeit, eher aus Trägheit. Eine anständige Bank besaß zwei nicht allzu flache Öffnungen für die Tintenfässer – wir benutzten eine besondere Abart, und zwar Glasgefäße mit einer trichterförmigen Öffnung, die ziemlich tief hineinreichte, wodurch die Tinte, wenn sie umkippten, am Ausfließen gehindert werden sollte. Aber ich versichere, sie floß aus, und wenn sie es nicht gleich wollte, wurde nachgeholfen. Kugelschreiber gab es nicht, Füllfederhalter waren ungern gesehen, also wurde mit Stahlfedern geschrieben, mit denen man auf ein Ziel werfen oder die Nachbarn – im Rahmen der

Subkultur – stechen konnte. Wir bewiesen durch Taten, daß es keinen Gegenstand gab, den man nicht in den Dienst von Zielen einspannen konnte, die der Absicht seiner Hersteller widersprachen. Das kulturelle Erbe geht bekanntlich von einer Generation auf die andere über, so war seit Jahrhunderten bekannt, wozu die Bänke dienen, jedoch in Anbetracht der Tische *obstupuunt* zunächst *omnes.* Aber man steckte nicht auf, mit dem Erfolg, daß den Stühlen die Beine abzufallen begannen. Gemeinhin wurde das als Vandalismus bezeichnet. Sicherlich war das Zerstörungswut, aber was taten eigentlich die aufgeklärten Klosterskribenten des Mittelalters, wenn sie die wertvollen Inhalte von den Pergamenten abkratzten, um ihre uninteressanten Texte darauf anzubringen?

Was für den Christen der Himmel ist, das bedeutete für jeden von uns das Hohe Schloß. Wir pflegten dorthin zu gehen, wenn eine Unterrichtsstunde ausfiel, weil ein Lehrer plötzlich indisponiert war – eine der freudigsten Überraschungen, wie sie das Schicksal nur selten mit sich bringt. Ein Ort für Schulschwänzer war es nicht, denn er war zu gefährlich, man konnte in den Alleen, zwischen den Bänken und den Bäumen einem unserer Erzieher begegnen. Für Deserteure eigneten sich eher die Krater des Kaiserwaldes, die Gegend hinter dem Sandberg, dort konnte man gefahrlos im Gebüsch untertauchen und sich an den schlesischen Raritas-Zigaretten oder an den Junaks satt rauchen. Auf dem Hohen Schloß dagegen pflegten wir laut, lärmend zu spazieren, in der süßen Aureole legalen Nichtstuns, trunken vom Übermaß der Freiheit, die sich uns unverhofft erschlossen hatte. Wohl zwei Haltestellen trennten das Gymnasium von diesem reizvollen Ort; wir fuhren jedoch nie mit der Straßenbahn dorthin, sie war ein zu kostspieliges Beförderungsmittel. Gewöhnlich gingen wir die Teatyńskastraße bergauf, und ein halbes Hundert Schritte hinter der Stelle, an der die Straßenbahnschienen endeten, senkte sich ein Hang hinab und gab den Blick auf das gewaltige Panorama der Stadt frei, das rechts von der spitzen Erhebung des Sandbergs und links von dem Parkdickicht eingerahmt war, hinter dem sich der Gedächtnishügel der Lubliner Union verbarg. Unten, in der Ferne, hob sich das Gewirr der Gleise der Eisenbahnstation Podzamcze mit den kleinen Lokomotiven schwärzlich ab, und im Hintergrund war der Luftraum bis hin zum grünen Horizont von einem bläulichen Nebel erfüllt.

Auf dem Hohen Schloß befand sich ein Mauerfragment, eine Ruine, an die ich mich kaum noch erinnere. Es mußten dreißig Jahre vergehen, damit ich darüber nachdachte und erfuhr, daß das Hohe Schloß der Name eines einst prachtvollen Bauwerks war, das so hieß, weil es einst auch ein Niederes Schloß, im Stadtinneren, gegeben hatte. Damals jedoch gingen mich Ruinen und andere ehrwürdige Denkmäler der früheren Jahrhunderte überhaupt nichts an. Was also taten wir eigentlich? So gut wie nichts. Gewiß, einige Male im Jahr bestieg ich mit meinem Vater den Gedenkhügel der Union oder den Sandberg, doch niemals während der Ausflüge an einem Unterrichtstag. In solchen Stunden genügten die Möglichkeiten, die sich uns plötzlich eröffneten. In den acht Gymnasialjahren bin ich dort unzählige Male gewesen, und außer den niedrigen Hecken, hinter denen das Stadtpanorama bläulich schimmerte, und dem Schatten der großen Kastanienbäume habe ich mir von diesem Ort nichts gemerkt. Eigentlich war das ja auch kein Ort, sondern eher ein vollkommener Zustand, in seiner Intensität wohl nur mit dem ersten Ferientag vergleichbar – der noch nicht angerührt, noch nicht angeschnitten ist, von dem das Herz in süßem Rausch erstarb, weil alles erst geschehen sollte, bei dem aber gleichzeitig auch die Neigung zur Verschwendung der sich ozeanisch über den ganzen Juli und August erstreckenden Zeit aufkam. Das Hohe Schloß hingegen stand uns nur eine Stunde offen, also mußte man sich an jeder Minute laben, mußte sie bis zur Neige leeren, sie mit gewissenhafter Untätigkeit, mit eifrigem Nichtstun erfüllen, und wir versanken darin, ließen uns von ihm wie von einem warmen Fluß unter dem Himmel in den Wolken tragen; das war kein gebeterfülltes, bescheidenes christliches Paradies, sondern eher ein Nirwana – keinerlei Versuchungen, keine Begierden, nur

Glückseligkeit, die durch sich selbst geschah. Selbst unsere Kehlen, zerschunden vom Gebrüll in den Pausen, hatte offenbar jener Hauch erfaßt, der nicht von dieser Welt ist, denn wir grölten zwar ein bißchen, aber wirklich nur aus Gewohnheit, nicht aus Überzeugung.

Wir gingen auch in den Naturkundestunden dorthin, wandelten über das hügelige Gelände hinter dem Sandberg, aber das war etwas ganz anderes, vor allem für mich, weil ich mit den Pflanzen immer auf Kriegsfuß stand. Unser Biologielehrer, Herr Noskiewicz, konnte sich nicht genug darüber wundern, wie sich mir, der ich den Rostafińskischlüssel bei der Klassifizierung in der Hand hielt, die Gräser und Disteln geradezu in Rhododendren verwandelten. Bedecktsamer, Nacktsamer – allein schon diese Bezeichnungen ekelten mich aus einem unbekannten Grunde an; dieserhalb an die Wand gedrückt, würde ich nur das Gestammel hervorbringen, daß die Pflanzen mich aufregen. Sie sind ja gewissermaßen unsere Verwandten, sind aber stets und mit allem zufrieden oder schlimmer noch: Ihnen ist alles völlig einerlei. Mit den Mäusen, mit den Löwen, sogar mit den Ameisen teilen wir eine Menge Sorgen, wir fürchten uns, haben Begierden, mühen uns ab, während mir die Gleichgültigkeit der Pflanzen gegenüber dem Schicksal wie ein Verrat an der gemeinsamen Sache erscheint. Sollte ich wirklich solche merkwürdigen Absichten in meinem zwölften Lebensjahr gehegt haben? Wohl kaum, und dennoch nährte ich gegen diese unsere grünen Stammverwandten aus unvordenklichen Zeiten in mir einen Unwillen, der mit dem Zwang, Spinat essen zu müssen, überhaupt nichts zu tun hatte.

Kehrten wir von einer solchen Siesta ins Gymnasium zurück, dann merkten wir erst, wie klein unser Schulsportplatz war, ein Gelände, bis zum äußersten ausgetreten und waagerecht nivelliert, denn es war in die abschüssige Neigung der Wälle eingeschnitten. Es war nur von niedrigen steinernen Prellböcken eingefriedet, die durch dicke Eisenstäbe miteinander verbunden waren – ein Hindernis bildeten sie also nicht, aber man durfte diese Grenze nicht überschreiten. Wir mußten also den eingeschlossenen Raum ausnutzen, ohne auch nur einen Zentimeter zu verschenken. Von der Seite der freien Welt pflegte ein Kuchenverkäufer zu erscheinen, der uns mit seiner Ware zugleich auch die Süße des Hasardspiels bot. Zwei von uns zahlten bei ihm jeweils fünf Groschen ein, worauf er bedeutungsvoll mit den Münzen in der Tasche seiner schmuddligen Schürze klimperte, eine Handvoll davon herausnahm und abzählte, paarig – nicht paarig; wer richtig gewählt hatte, gewann und konnte gleich einen Kuchen für zehn Groschen verdrücken. Mir war es verboten, sie zu essen. Ich könnte mich daran vergiften, behauptete mein Vater. Ich widersprach ihm nicht, obwohl sich meine Schulkameraden danach ausnahmslos bester Gesundheit erfreuten. Vom Hang aus verlief eine mehrere Meter breite betonierte Rinne an der Mauer des Gebäudes entlang; wir wetzten unsere Absätze und Schuhsohlen an ihr ab, indem wir ununterbrochen daran herunterrutschten, hinaufkrochen, herunterfuhren und wieder hinaufkrochen, von einem Klingelzeichen bis zum anderen. Außerdem lockerten wir alle Stäbe, die in die Betonböcke zementiert waren, rieben (beinahe hätte ich „bissen" gesagt) die Rinde von den Bäumen ab, die den Sportplatz umstanden; wir waren also sozusagen ein kollektiver Abt Faria aus Dumas' Roman. Wenn sich die Energie sämtlicher Gymnasiasten der Welt vereinigen ließe, könnte man damit bestimmt die Erde durchbohren und die Ozeane austrocknen, doch zuerst müßte man das aufs strengste verbieten.

Ich habe hier gewissermaßen Aufsatzskizzen unter dem Titel „Das Gymnasium als Subkultur" und „Das Gymnasium als Elementargewalt" umrissen. Aber es war noch etwas anderes, nämlich eine Gemeinschaft. Das auf jeden Fall. Und wie jede Gemeinschaft, so regierten auch wir uns nach legalem Recht, wobei wir eine demokratisch wählbare Selbstverwaltung hatten, mit einem Vorsitzenden an der Spitze, mit einem Schatz und einem Schatzmeister (dessen Funktion ich eine Zeitlang ausübte) und mit Diensthabenden in den Unterrichtsstunden, jedoch auch durch jene andere Art bereits autonomer Regeln, die irgendwie entstanden waren und selbsttätig wirkten. In der Hierarchie der letzteren gab es zwei fest umrissene Posten; den des Trottels und den des

Klassenhanswursts. Ein Trottel wurde man durch den Urteilsspruch der Klasse, der zwar inoffiziell, aber auch unwiderruflich war. Als idealer Kandidat dafür eignete sich jemand, der dick und ungeschickt war und den man leicht malträtieren konnte, übrigens ohne jede Grausamkeit – nur so, damit er nicht vergaß, wer er war; fügte er sich der Ernennung, dann konnte er ganz erträglich leben. Die Klasse hatte gewöhnlich nur einen Trottel, ungefähr so, als würfe ihre Mehrzahl ein ungünstiges Licht auf sie selbst. In unserer Klasse war dieser Posten lange Jahre doppelt besetzt, doch die Ausnahme bestätigt die Regel, denn es handelte sich um Zwillinge, um die Brüder F.; sie bildeten somit gewissermaßen eine Person in zwei wandelnden Körpern, waren also ein einziger Trottel, lediglich ein wiederholter. Diese Haltung unsererseits führte zu einem interessanten Wettbewerb der Brüder, sie hetzte sie nämlich gegeneinander auf. Manchmal, nach längerem vertraulichem Geflüster in der Ecke, begannen sie sich plötzlich zu schlagen – wie zwei Trottel, versteht sich, das heißt, sie trommelten unter tränenreichem Gebrüll blindlings mit den Fäusten aufeinander ein und zerrten einander an den Haaren. Wenn beide krank waren, übte der dicke Z. per procura die Funktion des Trottels aus. Er war sehr leicht beleidigt, hatte Backen, die sich wunderbar zum Kneifen eigneten, und da er zugleich dick und mißtrauisch war, taugte er auch vortrefflich zum Zusammenquetschen. Diese Maßnahme bestand darin, daß sich ein paar kräftige Schüler auf beide Seiten der Bank setzten (die Bank ist für das Zusammenquetschen unerläßlich) und sich auf ein gegebenes Zeichen mit den Füßen gegen den Fußboden und mit den Händen gegen die Pulte stemmten, wodurch der Unglückselige so lange zusammengepreßt wurde, bis seine Rippen knackten und ihm die Augen hervorquollen. Im übrigen wird ein Trottel nicht sehr heftig geschlagen oder arg bedrängt – es gehört nicht zum guten Geschmack, sich mit ihm zu befassen.

Nimmt man die Klassengemeinschaft unter die Lupe, so ist festzustellen, daß eine besondere Unruhe unter denjenigen Schülern herrschte, die instinktiv ahnten, daß die Kandidaten für den Posten des Trottels waren und sicherlich auf ihn gedrängt würden, falls er vakant werden sollte. Sie befaßten sich besonders eingehend mit den patentierten Trotteln, und zwar deshalb, weil sie sich durch eine Menge kriegerisch versetzter Rippenstöße und Sticheleien deutlich von ihnen abgrenzen wollten. Sie wollten ihrer eigenen potentiellen Trottelhaftigkeit auf drastische Weise entgegentreten, sehr naiv übrigens, weil sich nämlich die würdigen Vertreter der Klasse um ihre Parias überhaupt nicht kümmerten.

Ein Trottel wurde man nach allgemeinem Spruch und Urteil, ein Possenreißer hingegen auf Grund eigener aktiver Verdienste, wenn sich angeborenes Talent mit entsprechenden Ambitionen verband. Possenreißer war, wer es fertigbrachte, die Klasse mit einem treffenden Wort zu erheitern, eine passende Sentenz zu prägen und vor allem – sich beim Antworten dumm zu stellen. Dieser Posten war schwierig, er erforderte nämlich ein Balancieren zwischen der Klasse und dem entgegengesetzten Lager; man konnte nicht der Hanswurst beider Seiten werden, also verlangte eine solche Akrobatik auf die Dauer schon eine recht ansehnliche Meisterschaft.

In unserer Klasse war Miecio P. eine Zeitlang so eine Art Possenreißer mit schwerfälligem Witz und mit einer noch schwereren Hand. Wenn er gefragt wurde, spielte er gewöhnlich den Idioten, aber so, daß dies auf ein Verspotten des Befragers hinauslief. Unbarmherzig erwies er sich vor allem gegenüber jungen Damen, die bei den Lehrern die Funktion von Assistentinnen innehatten und manchmal auch selbst Unterricht erteilten. Miecio war vulgär, und ich liebte ihn nicht. Er saß in der letzten Bank, spielte oft den Schwerhörigen, so daß die Fragen wiederholt werden mußten, und er log auf eine besondere Weise, denn er blickte einem mit schamloser Offenheit in die Augen und schilderte dabei in aller Genauigkeit gänzlich unglaubwürdige Ereignisse, die ihn daran gehindert hätten, die Schularbeiten zu machen. Je verlogener diese Erklärungen waren, desto genauer stellte er sie dar. Er provozierte Lachen, jedoch nicht über seine eigene Person – solche Versuche erstickte er schon dadurch im Keim, daß er sich auf den Klüngel berief, zu dem er gehörte.

In diesem Klüngel waren noch ein paar andere Sitzenbleiber vertreten, Kraftburschen, die vom pädagogischen Standpunkt hoffnungslose Fälle verkörperten. Er war ihr Sprachrohr, ihr Intellektualist sogar, obschon nicht ihr Anführer, denn sie fanden weder an Witzeleien noch an näheren Kontakten mit uns Geschmack. Man spürte in ihnen Gäste aus einer anderen, außergymnasialen Welt, aus einer ganz andersgearteten Sphäre. Verglichen mit ihnen, waren wir Kinder – solch ein W. zum Beispiel gestattete es, daß ihn dieser oder jener zu erwürgen versuchte. Wenn ihn einer an der Gurgel packte, wehrte er sich nur durch ein brettartiges Spannen seiner Halsmuskeln. Während wir uns in der Mittelstufe des Gymnasiums für sexuelle Fragen zu interessieren begannen und in jener verbalen Pornographie und vulgären Ausdrucksweise miteinander rivalisierten, die durch theoretische Beredsamkeit die Erfahrung zu ersetzen sucht, ließen sie sich auf solche Gespräche erst gar nicht ein. Für sie war das ja das tägliche Brot, Routine, beinahe ein Beruf – wir brüllten vor Verzweiflung möglichst oft die schrecklichsten Ausdrücke, spürten jedoch, wie der Boden der ersehnten Männlichkeit unseren Füßen entglitt. Es ist merkwürdig, daß ich mich an ihre Hände und ihre Schulmappen besser erinnern kann als an ihre Gesichter – es waren Hände erwachsener Männer, schwer und ungelenk, durch Nikotin gelb geräuchert, mit Venen, die auf den Handrücken bereits langsam erstarrten, mit Narben, die nicht von Verletzungen beim Spielen mit einem Taschenmesser herrührten; die Narben ihrer Hände hatten mit Spielen nichts zu tun, und ihre Schulmappen, aus einem Leder, das bis auf ein schmutziges Schwarz abgegriffen war, halb zerschlissen, ohne Griffe, die schon längst abgerissen waren, mit den Löchern der abgefallenen Beschläge, eingedrückt, weil sie kaum mehr als das Frühstück enthielten – sie ließen erkennen, daß man sie seit Jahren zum strengsten Dienst zwang, mitunter waren sie auch die Torpfosten eines beim Schulschwänzen improvisierten Fußballspiels oder dienten als Kopfunterlage im Kaiserwald, ja sogar als Wurfgeschosse; man sollte, so meine ich, einen solchen Taschenveteran in einer Museumsvitrine neben einer Bank ausstellen.

Ich hatte viele Schulkameraden, auch solche, die mir ziemlich nahestanden, aber eigentlich keinen einzigen Freund, dem ich die intimsten Dinge anvertraut hätte. Józek F. mochte ich gern, ihm begann der Schnurrbart wohl schon in der ersten Gymnasialklasse neuen Typs zu wachsen; er war ein ausgezeichneter Mathematiker; die Deutschen haben ihn umgebracht. Mir imponierte ein anderer Primus, Zygmunt E., genannt Puńcia, doch habe ich ihn nicht aus der Bank oder aus der Klasse in Erinnerung, sondern vom Sportplatz. Als Sohn armer Eltern mußte er sich den Weg im Gymnasium durch Korrepetitionen freikämpfen. Der Unterricht kostete viel – der Halbjahresbeitrag betrug einhundertzehn Złoty, also den Preis für einen Anzug oder für fünf Paar Schuhe, und eine Kostenbefreiung war nicht leicht zu erwirken. Nun denn; die dramatischen Augenblicke, wenn man einen Strafstoß vor dem gegnerischen Tor abfeuerte – Puńcia war ihr Held. Ich sehe ihn noch heute: Zuerst legte er den Ball auf den richtigen Platz im Strafraum, jene elf Schritt vom Tor entfernt, in dem sich der Torhüter nervös die Lippen beleckte und, gebückt, mit weit geöffneten Augen lauerte – dann wich er so weit zurück, um den richtigen Abstand für den Anlauf zu haben, und stumm, beinahe düster überlegend, mit gerunzelten Brauen, rang er gewissermaßen Auge in Auge mit seinem Gegner. Schließlich spannte sich sein bisher lockerer Körper leicht, bis er endlich auf den Ball zurannte, zuerst langsam, wie eine Ente watschelnd, weil er etwas krumme Beine hatte, und die schwang er auf eine besondere Weise, so daß sich der Torhüter nicht orientieren konnte, mit welchem Bein Puńcia schießen würde. Zwar wußten wir alle, daß er immer mit dem linken schoß, dennoch wiederholte er jedesmal dieses Spiel mit der vorgetäuschten Unsicherheit, und sonderbarerweise mit Erfolg. Auf den letzten Metern des Anlaufs gewann er an Schnelligkeit, so daß seine Beine nur so flitzten, der dumpfe Laut des Anstoßes erscholl, und der Ball flog haargenau in die Torecke; während wir ein Triumphgeschrei anstimmten, drehte sich Puńcia langsam um und zeigte ein artig lächelndes, unschuldiges Gesicht, eben das aus der Bank, aus der Klasse, ein bißchen süß-sanft und ganz und gar uninteressant.

In meiner Bank hatte ich zwei langjährige Nachbarn. Der eine war Julek D., Sohn eines Polizisten, ein stupsnäsiger Blondschopf von ziemlich starkem Körperbau, mit einem Ausdruck der Unsicherheit in den Augen; mit ihm führte ich eine gewichtige Transaktion durch, die sich bis zu ihrem endgültigen Abschluß recht lange hinzog – er gab mir seine kleine Einschußpistole, Kaliber 6 mm, für meinen neuner Schreckschußbrowning, dessen ich bereits überdrüssig geworden war. Natürlich brannte ich vor Verlangen, die Waffe sofort auszuprobieren, und da jeder Augenblick teuer war, lud ich gleich nach der Heimkehr die Pistole mit dem sogenannten Erbsenkern. Er wollte nicht so recht in die Patronenkammer passen, aber schließlich schaffte ich es. Ich öffnete das Fenster im Zimmer neben der Küche, zielte durch den langen Laufgang auf die Klosettür, die sich an seinem Ende befand, und drückte ab. Der Knall war unerwartet heftig, ich möchte behaupten, sogar ungeheuerlich. Bevor ich auf den Gang laufen konnte, um festzustellen, was mit der Kugel geschehen war, stürzte meine Mutter ins Zimmer und hinter ihr mein Vater, den der Schuß aus dem Behandlungsraum herausgelockt hatte; er kam in seinem weißen Kittel und mit dem laryngologischen Spiegel auf der Stirn angerannt. Die noch rauchende Pistole wurde sofort beschlagnahmt und wanderte als höchst gefährliche Waffe in die fest verschlossene Schreibtischschublade. Erst viel später überzeugte ich mich, als ich sie mir genau ansah, daß ich wirklich etwas Glück gehabt hatte, weil die Geschoßkammer in zu dünnes Metall gebohrt und der aus ihr herausragende Teil der Hülse durch die Pulvergase auseinandergesprengt worden war – glücklicherweise hatte das dehnbare Kupfer dem Druck standgehalten, und so war mir nicht alles in die Augen geflogen. Die Kugel habe ich lange gesucht, aber vergebens, weil der Pistolenlauf nicht gezogen war. Es scheint also, daß Julek dennoch ein besseres Geschäft gemacht hatte als ich. Vielleicht lag das bei ihm in der Familie, jedenfalls unterhielten wir uns oft über Waffen; Julek hatte einmal sogar an einer Jagd teilgenommen, ich glaube wohl, an einer Wildschweinjagd, und einer seiner Gefährten hatte ihm einen scheußlichen Oberschenkelschuß verpaßt, aber nur deshalb, weil er in Höhe des im Gebüsch vermuteten Wildschweins gezielt hatte; Julek ging dann lange mit einem Verband herum, was entschieden eine Auszeichnung bedeutete. Übrigens geschah das erst viel später, in der Lyzeumklasse. Damals besaß Julek D. ein vorzügliches mehrschüssiges Flower-Repetiergewehr, ich indes war nicht über eine Luftpistole hinausgekommen, was ich als sehr schmerzlich empfand. Hinge es allein von mir ab, dann wäre ich wahrscheinlich über und über mit Pistolen behängt ins Gymnasium gegangen; so jedoch konnte ich mir höchstens verschiedene Jägerzeugnisse ausstellen, was ich übrigens ungern tat, weil ich fühlte, daß die Fiktion in dieser Sphäre der Wirklichkeit allzusehr nachstand.

Vorher war Jurek G. mein Banknachbar gewesen, ein gut aussehender und ziemlich liebestoller Bursche; stets war er in eine Menge Affären mit jungen Mädchen verwickelt und hatte außer diesen kleinen Liebschaften angeblich auch ein verwegenes erotisches Verhältnis mit einer erwachsenen Frau, sicherlich einer Witwe. Er traf sich sogar im Stryjer Park mit ihr, und mir scheint, daß einer der Schulkameraden dort die Leidenschaften seiner Ergüsse beobachtet hatte, doch es konnte keine Rede davon sein, daß ich an solchen Beobachtungen teilnahm, denn ich wurde zu gut bewacht. Nachmittags konnte ich nicht aus dem Haus, ich hatte nämlich einen Schutzengel an meiner Seite, mit anderen Worten – einen Korrepetitor, Herrn Wilk, einen Studenten und späteren Magister der Rechte; er wachte über mich, das heißt, er achtete darauf, daß ich gewissenhaft meine Hausaufgaben erledigte. So gab es für mich jene klassische Ausrede nicht, daß ich zu einem Freund gehen wolle, um mit ihm zu lernen, ich mußte wirklich pauken. Obendrein trieb ich zu Hause noch Französisch, bei einer gewissen Mademoiselle, einer recht unangenehmen Person, die eine gewaltige rote und wie unter einem Vergrößerungsglas poröse Nase hatte. Irgendwie jedoch vermochte ich sie zu zähmen, indem ich ein ganzes System von Ausflüchten ersann, um mich vor den Arkana der schrecklichen Grammatik zu retten. Zum Glück war Mademoiselle von Natur aus sehr neugierig, also fragte sie mich gern darüber aus, was in unserer Familie vorging, ob etwa jemand heiraten wolle oder umgekehrt, und ich, der ich eigentlich von diesen Eheanbahnungsangelegenheiten nichts wußte, faselte und log drauflos, was mir nur auf die Zunge kam. So lernte ich trotz allem ein wenig parlieren, jedoch die Geheimnisse des *Temps défini, indéfini* und aller schrecklicher *Subjonctifs* blieben immer für mich ein Buch mit sieben Siegeln.

Zu jener Zeit produzierte ich bereits eigene alkoholische Getränke, in Gedanken an irgendwelche unerwarteten männlichen Gäste, die übrigens nie erschienen, jedenfalls hatte ich Fläschchen voller Mischungen und Mixturen eigener Rezeptur hinter den Bänden des Brockhaus- und Meyerlexikons in dem schmutzigweißen Schränkchen versteckt. Ich nutzte die Anrichte meiner Mutter weidlich aus; die Grundlage jener Ingredienzien war der Alasz, ein Kümmellikör, den mein Vater manchmal zum Mittagessen trank. Wenn der Familientratsch zu versiegen drohte, traktierte ich die Französin mit meinen Spirituosen, und sie zeigte sich gar nicht abgeneigt, ein bis zwei Gläschen zu heben. In kleinen Porzellanschüsselchen für chemikalische Versuche mixte ich wiederum Parfüms, die ich aus dem Wäscheschrank meiner Mutter stibitzte; und auch damit bedachte ich meine Französin. Es ist wirklich sonderbar, daß ich heute trotz allem imstande bin, ein Buch in Molières Sprache zu lesen.

Eingespannt zwischen Hausaufgaben, Herrn Wilk und der Französin, hatte ich nicht viel Zeit für mich, und mein Leben wäre wohl gänzlich öde gewesen, wenn ich mir nicht durch geheime Methoden, von denen in Kürze die Rede sein wird, Abwechslung verschafft hätte. Eine gewisse Attraktion bildeten in der Penne die Theaterbesuche; wir sahen uns verschiedene schreckliche Langweiler an, zum Beispiel Wyspiańskis „Befreiung" (ich äußere mich hier nicht über die Dramaturgie dieses Autors, sondern nur über ihre damalige Rezeption bei Vierzehnjährigen). Die numerierten Eintrittskarten wurden in der Klasse verteilt, und gleich begann eine lebhafte Diskussion darüber, wo die Gymnasiastinnen sitzen würden. Durch irgendwelche geheimen Kanäle bezogen wir die unerläßlichen Nachrichten und gingen dann zum Tauschen und Handeln über, denn jeder oder fast jeder wollte dort sitzen, wo man mit der entzückenden Nachbarschaft rechnen konnte. Mich betraf das nicht, ich war ein infantiles Kalb und hörte nur mit halb offenem Munde zu, wie von Jurek G.s Überlegenheit, von den Stelldicheins und von alledem, was dabei geschah, geredet wurde. Im übrigen waren bei den Theaterschulbesuchen die Vorteile einer Nachbarschaft mit den Gymnasiastinnen ziemlich illusorisch, denn die strategisch placierten Vertreter des Lehrkörpers setzten alles daran, selbst den geringsten Kontakt zu vereiteln.

Es gab hin und wieder Tanzabende, die der Elternausschuß in unserer Penne veranstaltete, aber ich konnte noch nicht tanzen und war höchstens in der Lage, an der Wand oder vielmehr an der Leiter zu stehen, denn es wurde in der Turnhalle getanzt. Mancher der jüngeren Lehrer war nicht abgeneigt, das Tanzbein mit unseren Gästen des schönen Geschlechts zu schwingen – was, und ich sage die Wahrheit, mir wider die Natur zu sein schien. Ich konnte mir nicht vorstellen, daß sich Attila für Choreographie interessierte.

Um meine Stellung in der Klasse ein wenig zu verdeutlichen, muß ich sie auf andere beziehen. Obwohl ich ungeschickt und recht dick war, galt ich nicht als Trottel, zumindest nicht als solcher, der durch Zustimmung der gesamten Klasse patentiert war. Vielleicht deshalb, weil ich mich von den meisten fernhielt, gut lernte und viele eigene Angelegenheiten im Kopf hatte – übrigens kann ich das nicht so genau sagen. Wohl an der Wende zur oberen Gymnasialstufe kam ich mit Proust in Berührung, und das dadurch, daß ich durch Jeremi R. und Janek Ch. von seiner Existenz erfuhr. Jeremi lernte Englisch, schleppte Wörterbücher mit sich herum und war überhaupt unerhört intelligent. Da ich absolut alles las, was mir in die Hände fiel, und sah, wie Janek und Jeremi sich mit Bänden herumtrugen, die gar keine so üblen Titel hatten, wie zum Beispiel „Im Schatten erblühender Mädchen“, lieh ich mir gleich den ersten Band des Zyklus aus, blieb aber schon auf den ersten Seiten stecken. Höchlich erstaunt darüber, nahm ich wie ein Berufsspringer mehrere

Male Anlauf und stürzte mich auf das Hindernis, prallte jedoch jedesmal wie von einer Wand ab. Wer weiß, ob sich damals nicht die ersten Spuren eines Minderwertigkeitskomplexes in meiner Seele einnisteten.

Ich versuchte also Proust zu lesen, aber ich konnte es irgendwie nicht, und mich mit jungen Mädchen abzugeben, wagte ich erst gar nicht, denn wie und wann sollte ich das tun, also mußte ich heucheln, daß ich mit alledem bestens zurechtkam, auch vor meinen Freunden, zu denen ich Janek Ch. zählte. Ihn beneidete ich insgeheim außerordentlich. Er war der Sohn eines bekannten Lwówer Rechtsanwalts und wohnte unweit von uns, in der Mickiewiczstraße, in der Nähe des Smolka-Platzes, in einer großen Wohnung, in der die Büste seines Vaters den Eintretenden grüßte, ein echt römischer, mächtiger Kopf auf einem massiven Nacken, mit unregelmäßigen Gesichtszügen und breiten Nasenflügeln. Seine Mutter war nicht normal. Von ihr sprach Janek nie; sie hielt sich ständig in dieser Wohnung auf, in einem eigenen Zimmer, fast immer hinter verschlossenen Türen – darin war es ganz blau vom Rauch, und bei den wenigen Malen, da ich sie für einen Augenblick zu Gesicht bekam, hielt sie eine brennende Zigarette zwischen den Fingern. Janek hatte keinen Korrepetitor, er wurde überhaupt von seinem Vater wie ein Erwachsener behandelt, er brauchte nicht zu sagen, wohin er gehe, was er tun wolle, ob er die Hausaufgaben erledigt habe, er las diesen Proust durch eine Brille mit einer Drahteinfassung, und wenn ich kam, klappte er das Buch zu und nahm die Brille zusammen mit dem Streifen Papier ab, das er unter ihren Bügel legte, offenbar, damit der Draht keine Druckspur hinterließ. Er konnte ausgezeichnet schwimmen – hundert Meter Freistil in einer Minute und sechzehn Sekunden –, während ich mich im Wasser wie eine Axt verhielt, er spielte Tennis, Volleyball, und in der Oberstufe ging er mit der schönen Wanda P., redete aber überhaupt nicht davon. Er brüstete sich nie. Am meisten jedoch imponierte mir an ihm wohl der Umstand, daß er sich die Schulangelegenheiten nicht zu Herzen nahm, obwohl er ein ziemlich mittelmäßiger Schüler war. Fünfen vermochten ihn überhaupt nicht zu erschrecken, so als blicke er weiter, als verfüge er schon über ein eigenes Wertsystem und als praktiziere er es in aller Geruhsamkeit. Wir gaben uns gegenseitig das Geleit und kreisten so zwischen der Brajerowska- und der Mickiewiczstraße. Er war ein guter, gefälliger Junge mit einer scheinbar schläfrigen, gewissermaßen phlegmatischen Veranlagung und mit viel Sinn für Humor; soviel ich weiß, ist auch er von den Deutschen ermordet worden.

Ich tat damals, im Gymnasium, so manches überhaupt nicht mehr zum Vergnügen, sondern (und hierin ahmte ich unbewußt die Erwachsenen nach) deshalb, weil sich meine Altersgenossen damit und mit nichts anderem befaßten. Noch vor der Lyzealstufe hatten diejenigen Schüler, die etwas klüger waren, Bridge zu spielen begonnen, was mir schlimmer vorkam als die unregelmäßigen lateinischen Verben. Ich konnte mir nie merken, was vom Tisch gegangen, was eigentlich mit der Hand los war, womit ich schlagen und womit ich herauskommen sollte – und als man mich dann für geistig unterentwickelt ansah, gab ich das Bridgespiel ein für allemal auf. Was Schach anbetrifft, so habe ich einmal einen ebenso jungen, aber angeblich hervorragenden Spieler besiegt, und das in einer Weise, die ihn total verblüffte. Diesen Erfolg vermochte ich weder zu wiederholen, noch war er mir jemals vorher gelungen. Wenn ich mich nicht irre, war da der Fall eingetreten, von dem Napoleon wohl einmal sagte, daß auf dem Schlachtfeld vollkommene strategische Genies oder aber absolute Kretins am gefährlichsten seien – wobei manchmal das Übergewicht bei den Kretins liege, da deren Schritte vollends und immer unberechenbar seien.

Eine Zeitlang spielte ich mit Knöpfen, wobei ich meiner Mutter manche wertvollen Exemplare aus der Schublade entwendete, oder ich warf mit Speichel angefeuchtete Zigarettenhülsen an die Decke in der Klasse – alle taten das: Wenn nämlich der Speichel trocknete, fielen die Hülsen während des Unterrichts wie ein geheimnisvoller Regen herab, worüber sich der Lehrer entrüstete. Ich studierte unter Janek Ch.s Anleitung Jiu-Jitsu, am häufigsten im Klosettflur der zweiten Etage unserer „Penne“, ich schleuderte ein besonderes Korkgeschoß, in das vorn eine Nadel gesteckt war und an dem sich hinten eine Flugfiederung und ein mikroskopisch kleiner Ballast befanden, gegen die Tafel, ich lernte es, fünf und sogar manchmal sechs Meter weit zu spucken, erlernte aber nie das Pfeifen auf den Fingern, was mir aufrichtigen Kummer bereitete. Wenn mir bei dieser Edukation auch viel mißlang, weil ich mich oft ungelehrig zeigte, so war ich dennoch stets eifrig bemüht. Ich versuchte mich anzupassen, sammelte oder tat vielmehr nur so, als sammele ich Briefmarken, für die ich mich nicht im geringsten interessierte, und spielte mit Schulfreunden, die mich besuchten, Krieg, während ich in meine Hefte nur dann einen Blick warf, wenn ich allein war. Ich brauchte mir übrigens keinen Zwang anzutun. Wenn wir zum Beispiel in Scharen zur Ostmesse gingen, hamsterten wir so lange die kostenlosen Reklamedrucke, tranken so lange die Gratis-Maggibrühe, bis die ungeduldig gewordenen Aussteller uns schließlich von den Ständen vertrieben. Selbst meine beträchtliche Beleibtheit erwies sich als ziemlich nutzbringend, ich spielte beim Fußball nämlich Verteidiger, und man konnte mich durch einen Bodycheck schwerlich abdrängen, eben wegen meiner ansehnlichen Fülle.

Ganz selten fanden in Lwów Autorennen statt, die uns ebenfalls passionierten, und zwar in einer geschlossenen Schleife, die von der Stryjer und der Kadecker Straße und der Pełczyńskastraße gebildet wurde. In der letzteren wurden sogar die Schienen mit Gips ausgefüllt und die Bürgersteigkanten mit Sandsäcken belegt; dann spürte man daß Lwów eine höchst europäische Stadt war; die Rennmaschinen, die ein höllisches Gebrüll ausstießen, bezeugten das.

Die Schule wagte ich nicht zu schwänzen, was ich mit einer gewissen Scham bekenne, aber manchmal fiel der Unterricht aus, und in solchen Stunden ging man gewöhnlich zum nahe gelegenen Schloß, auf dem Kortumberg, in den Kaiserwald; das Gelände in der Umgebung lernte ich später im Winter, auf Skiern, noch besser kennen, auch als Mitglied der Wehrertüchtigungsorganisation; es war voller Bautrichter, Schluchten, Hügel, jedoch der schönste Anblick bot sich einem vom Gedächtnishügel der Lubliner Union.

5

Der Direktor unseres Gymnasiums hieß Stanisław Buzath, er war ein untersetzter Mann mit einer mächtigen, herrschsüchtigen Stimme, übrigens ein sehr guter Mensch, ein Historiker; Erdkunde unterrichtete unser langjähriger Klassenlehrer, Professor Nawrocki, den wir „Straßenbahnschaffner" nannten, weil er uns mit einer besonderen Klingel zu beruhigen pflegte – ihr Druckknopf befand sich in seinem Kabinett; Physikunterricht erteilten uns abwechselnd Herr Lewicki und Herr Bleiberg. Von dem ersteren bekam ich einmal ordentlich eins über den Kopf, und zwar deswegen, weil ich ihm aus der ersten Bank, in der ich saß, in der unbezähmbaren Gier zu glänzen, während der Stunde, in der er uns die Eigenschaften des Quecksilbers erklärte, systematisch vorsagte, und so versetzte er mir dafür, daß ich ihm mehrfach die Information über den Gefrierpunkt des Quecksilbers applizierte und ihn aus dem Gleichgewicht brachte, einen solchen Hieb, daß ich Sterne sah. Ich war schrecklich enttäuscht, hatte ich doch mit einer anderen Auszeichnung gerechnet. Lewickis Namensvetterin, Frau Lewicka, die nicht mit ihm verwandt war, unterrichtete Polnisch. Bei ihr war ich immer der Primus, schrieb stets klafterlange Klassenarbeiten, die ich fast nie in den fünfundvierzig Minuten der Stunde beenden konnte, und die Polonistin trug mir auch viele schöne Sachen mit roter Tinte ins Heft ein – zumal dann, wenn das Thema frei war; solche schätzte ich am meisten. Leider mißbrauchte ich in häßlicher Weise meine Position, denn ich lernte fast nie, ich bereitete mich nicht vor, das heißt, ich las von der Pflichtlektüre nur das, was mir gefiel, dagegen konnten die diversen Szymonowicz oder Kasprowicz nicht mit meiner Gnade rechnen. Aus diesem Grunde sind mir auf dem Gebiet der Literaturgeschichte Bildungslücken geblieben, die ich auch später nicht immer ausfüllen konnte. Ich nutzte den Umstand, daß mich Frau Lewicka nie von selbst aufrief, und biete somit das betrübliche Beispiel eines Menschen, der zwar das Abitur abgelegt hat, jedoch von der Grammatik fast keinen blassen Schimmer besitzt, denn auch auf diesem Gebiet vernachlässigte ich mich, verdorben durch das Vertrauen, mit dem man mich bedachte.

Ich entsinne mich, daß ich einmal beim Schreiben einer Hausarbeit eine schändliche Tat beging – ich habe keine Ahnung, wie ich die vom Thema gestellten Forderungen mit meinen eigenen Interessen verband, jedenfalls landete ich sogar auf dem Planeten Venus und verwertete dabei ein beträchtliches Stück aus dem dicken Buch des Professors Wyrobek über die Wunder der Natur; darin war eine Beschreibung der Venus in frappanter belletristischer Form mit ihren Urdschungeln und dichten Wolken enthalten. So hatten also die bis in meine Gymnasialjahre zurückreichenden Anfänge meiner literarischen Karriere das gewöhnlichste Plagiat von der Welt zum Ausgangspunkt. Ich versuchte zwar, auf eigene Faust etwas hinzuzufügen, indem ich von Venusmenschen phantasierte (wie rächen sich doch in spätem Alter noch die Jugendsünden!), aber ich spürte selbst, daß das, was mein war, sowohl im Ausdruck wie im malerischen Charakter der Vision des Professors Wyrobek nachstand. Unsere Polonistin führte den Unterricht auf moderne Art, indem sie versuchte, eine zwanglose Diskussion mit der Klasse anzuknüpfen; da ich mich oben zu häßlichen Taten bekannt habe, möchte ich hinzufügen, um das Bild zu ergänzen, daß mir nicht alles im Polnischen gleichgültig war und daß ich nicht nur zu „Venus“themen manchmal etwas zu sagen hatte; außerdem gewöhnte man sich bei der speziellen Unterrichtsgestaltung der Frau Lewicka tatsächlich an eine gewisse Selbständigkeit – etwas anderes ist es freilich, daß man etwas guten Willen oder auch Fleiß aufbringen mußte, wozu wiederum nicht jeder bereit war.

Mathematik unterrichtete Professor Zarycki, eine der ungewöhnlicheren Gestalten des Lehrkörpers, ein Ukrainer, dessen Tochter in das Attentat auf den Minister Pieracki verwickelt war. Er war ein stattlicher, etwa fünfzigjähriger Mann mit einem braunen, sogar dunklen Gesicht voller Runzeln, mit noch dunkleren Lidern, einer scharfkantigen, unförmigen Nase, tiefliegenden Augen und einer Glatze, die kahl war wie ein Knie, weil er sich den ganzen Schädel sorgfältig rasierte. Wir hatten schreckliche Angst vor ihm, auch ich, denn die Mathematik war immer meine Achillesferse. Unser Mathematiker pflegte mit uns auf eine ziemlich ungewohnte Weise zu verfahren, er hatte nämlich Einfälle. Manchmal belohnte er eine gute Antwort so, daß er dem Ausgezeichneten befahl, die Klasse zu verlassen und in der Stadt spazierenzugehen; dann wieder begann er den Unterricht damit, daß er die Schüler aus den Bänken riß und zu verschiedenen Adressen schickte, damit sie ihm dies und jenes besorgten. Das war eine Auszeichnung, weil man dadurch mit höchster Wahrscheinlichkeit aus dem Kreis der Gefahren, die an der mit Kreide bekritzelten Tafel lauerten, ausgeschlossen wurde. In einem Anfall von guter Laune pflegte Zarycki, der durch die Tatsache, daß er nie lächelte und keine Gefühle sein maskenhaftes Gesicht bewegten, ein wenig an den Filmschauspieler Boris Karloff erinnerte, manchmal eine besonders schwierige Frage an die ganze Klasse zu stellen und jenem, der sie gut beantwortete, eine Zigarette anzubieten. Einmal konnte ich dank einer unerwarteten Eingebung selbst einen solchen Preis erringen und trug ihn triumphierend nach Hause. Ich rauchte diese Zigarette natürlich nicht, sondern bewahrte sie sorgsam auf, so lange, bis der Tabak in Krümeln aus der Hülse gefallen war. Zarycki war gefährlich, denn er war rätselhaft – wir bekamen nie heraus, wann er Spaß machte und wann er ernsthaft etwas forderte; als ein neu dazugekommener Schüler hörte, daß er als Belohnung für seine gute Antwort in die Stadt gehen dürfe, und er dieser Anordnung nicht Folge leistete, brüllte Zarycki den Jungen so schrecklich an, daß es ihn im Nu aus der Klasse hinausfegte. Ich habe keine Ahnung, wie dieser Mensch in Wirklichkeit war. Was wußten wir übrigens schon über unsere Erzieher? Hatte uns doch auch, wenngleich nicht sehr lange, Professor Ingarden in Mathematik unterrichtet, der damals bereits ein Philosoph von europäischem Rang war, wovon wohl keiner von uns etwas vernommen hatte. Ingarden widmete sich uns übrigens nicht mit besonders großem Eifer, was keineswegs verwunderlich war, denn wir stellten mit unserem kollektiven Widerstand gegen die Mathematik sogar die stärksten pädagogischen Talente auf die Probe.

Wie es scheint, stirbt die Gattung der großen Sonderlinge unter den Lehrern langsam aus, vielleicht weil die Bedingungen für ihre Entstehung nicht mehr so günstig sind. Den „Schaffner" Nawrocki vertrat, übrigens nur für kurze Zeit, ein fremder Lehrer aus einem anderen Gymnasium, Babyn mit Namen. Der brachte es fertig, die ganze Klasse innerhalb einer Stunde zu vernichten, und das mittels einer einzigen kleinen Frage, die entsprechend zugeschnitten war. Er fragte nämlich nach der Anzahl der Kontinente, und für die Antwort, daß es fünf Weltteile gebe, knallte er uns eine Fünf nach der anderen drauf. Wir hätten, wie er schließlich später erklärte, „Erdteile" sagen sollen, denn die ganze Welt sei der ganze Kosmos. Eine Diskussion über dieses Thema konnte es natürlich nicht geben, und ich hatte damals, übrigens im Verein mit zahlreichen anderen Schülern, bei der Elternfragestunde in Erdkunde ein Ungenügend. Babyn war unser Schreckgespenst, und alle hatten Angst vor ihm, denn wer sich für den Unterricht vorbereitet hatte, befand sich fast in der gleichen Lage wie der letzte Ignorant. Ich weiß nichts über ihn; er war wie ein unheilbringender Komet aufgetaucht und verschwand bald danach wieder aus unserem beschränkten Blickfeld, nachdem er die Erdkundestunden für ein paar Monate zu Sitzungen des Schreckens gemacht hatte. Ich denke mir, daß er nicht ganz richtig im Kopf war, weil nämlich die Siege, die er unwiderruflich über uns errang, gar zu billig gewesen sind.

Latein lehrte in den unteren Klassen Professor Rappaport, ein alter, kränklicher, gelbgesichtiger Mann von nörgelnder, jedoch ziemlich sanfter Gemütsart; er bewegte sich kaum vom Pult weg, und so schoß denn auch zu seiner Zeit die Technik der illegalen Übermittlung von unerläßlichen Informationen üppig ins Kraut. Aber schon damals drang die schreckliche Fama von Auerbach, des zweiten Lateiners, zu uns, in Form von Gerüchten und entsetzlichen Schilderungen, bis er schließlich in einer höheren Klasse selber bei uns auftauchte.

Klein von Statur und von belustigendem Äußeren, pflegte er in gewaltigen Galoschen zu erscheinen, die er mit wütenden Fußtritten gleich nach dem Betreten der Klasse abschüttelte, wonach er auf das Lehrerpult sprang, um den Raum besser zu beherrschen, die Beine herabbaumeln ließ und uns in der Grabesstille, die eingetreten war, durch die sehr dicken Linsen seiner Brille musterte. Er rief, nachdem er uns geraume Zeit mit starrem, hypnotischem Blick betrachtet hatte, denjenigen auf, der gerade am wenigsten mit irgendeiner Gefahr gerechnet hatte, und lähmte das Opfer, sobald es auch nur mit der kleinsten Geste die Hilfe der Nachbarn anzufordern trachtete, denn mit einem Tigersatz befand er sich sofort vor dem Auserwählten und beäugte aufmerksam sein Pult, sein Buch, seine Hände – im Erkennen von Sündern bewies er eine echt detektivische Geschicklichkeit. Auch während der Klassenarbeiten begnügte er sich nicht mit der passiven Verteidigung der Kathederfestung, sondern er kreiste leise in der Klasse umher; sein schreckliches „Ahii!", ein Kampfruf, den er etwas durch die Nase ausstieß, sowie die Besonderheit der Aussprache und der Wendungen, mit denen er die Delinquenten festzunageln pflegte, bildeten zwar den Gegenstand unaufhörlicher Nachahmungen, eines ironischen Nachäffens, doch vermochten diese Bemühungen nicht, die gefährliche Magie unseres winzigen Lateiners zu entzaubern. Wenn ich es richtig sehe, und es ist ja nur meine Vermutung, so hatte er gleich zu Beginn seiner Lehrerkarriere erkannt, daß er die physischen Mängel seiner Gestalt auf entschiedene, unmißverständliche Weise kompensieren müsse, denn er wirkte nicht nur lächerlich, sondern auch wehrlos, was seine außerordentliche Kurzsichtigkeit in Verbindung mit der Zwerghaftigkeit seines Wuchses offenkundig bewies. Er hatte sich also ein ganzes System von Lauerhaltungen, Ausfällen, Sprüngen, donnernden Ausrufen erarbeitet, das ihm zugleich

Schild und Angriffswaffe war. Im Grunde war er ein vernünftiger und sanftmütiger Mann. Ich erinnere mich, wie ihn einer unserer Kameraden, der bereits der Schuluniform entwachsene U., beim „kleinen Abitur" nach der vierten Klasse (neuen Typs) erschreckte, als er das aus den Händen der Gymnasialbehörde erhaltene Zeugnis, das mit Fünfen gespickt war, erblickte und mit einer energischen Bewegung eine Flasche aus der Tasche hervorholte, sie zum Munde führte und ihren Inhalt in zwei Schlucken leerte, wobei sich ringsum Jodgeruch verbreitete ... Alle wurden starr, Auerbach wohl am meisten, weil seine Fünf angeblich den Nagel zu U.s Sarg bedeutete. Sehr bald, nach ein paar Minuten der Aufregung, stellte sich heraus, daß die Flüssigkeit, die U. getrunken hatte, nicht tödlich war – sie bestand nämlich aus Wasser mit einigen Tropfen Jodlösung. U., dem schon alles einerlei war, hatte den Aufenthalt in unserer Penne auf diese malerische Weise beendet.

Ich selbst war in der Sprache der alten Römer nicht besonders firm, aber ich hatte ein anerkennenswertes Gefühl für den Rhythmus und konnte ohne große Mühe, nämlich ohne Vorbereitung, auch einen Hexameter lesen, den ich noch nicht kannte, wobei ich, wohlbemerkt, oft nichts oder so gut wie nichts verstand. Vielleicht besänftigte meine fließende Aussprache, meine regelrechte Akzentuierung ein wenig die Wunden, die unsere weniger eloquenten Kameraden den Ohren unseres Lateiners zufügten, und dadurch vermochte ich die Lehrer mir gegenüber etwas gnädiger zu stimmen. Überdies wagte ich es nie, irgendwelche Spicken zu benutzen. Meine Schulkameraden waren natürlich nicht alle der Meinung, daß die Erledigung der Hausaufgaben ihre erste Pflicht sei. Daher trugen sie zweifellos viel zum Schatz jener Erfindungen und Methoden bei, mit denen die Schüler seit Jahrhunderten gegen die Pädagogen zu kämpfen trachten; der Informationsschmuggel, wie man die Gesamtheit solcher Verfahren bezeichnen könnte, war eigentlich die Entwicklungsgrundlage für verschiedene Gewerbe. Zunächst einmal für ein recht mühseliges Handwerk; ich meine damit die Hausmethoden, mit denen man zum Beispiel den Übersetzungstext zwischen die Druckzeilen des Lateinbuchs eintrug und mit denen man eventuell die Zäsuren des Verses, dessen kurze und lange Silben, die Daktylen und Trochäen, so kennzeichnete, daß man ein Blatt Papier über die Seite legte und darauf mit dem Bleistift schrieb, so daß sich die Buchstaben und Wörter lediglich in Gestalt ungefärbter Vertiefungen an den richtigen Stellen zwischen den Zeilen des Textes eindrückten. Wurde dann das Buch entsprechend gehalten, so gab das schräg einfallende Licht uns und zumal unseren jungen Augen die Möglichkeit, die rettenden Informationen abzulesen. Wer sich nicht mit einer solchen Vorbereitungsarbeit abplagen wollte, konnte bereits industrielle Erzeugnisse nutzen, denn ein Verleger aus Złoczów, Zuckerkandl wohl, druckte massenhaft kleine, gelb eingebundene Klatschen, deren sich alle Gymnasien von Lwów und sicherlich auch ganz Polens bedienten. Es waren dies Übersetzungen aus dem Lateinischen und Analysen der Pflichtlektüren, der Poeme und Dramen, auf schlechtem Papier und mit kleinen Typen gedruckt.

Der Besitz von Spicken galt als schreckliches Vergehen, also schrieben die Umsichtigeren die benötigten Fragmente der Übersetzungen aus dem Lateinischen mit der Hand ab, zum Beispiel auf kleine Papierstreifen, die man im Ärmel oder in der Tasche versteckte, aber es fehlte auch nicht an Faulpelzen, die ganz einfach die erforderliche Seite aus dem Zuckerkandl herausrissen und sie ins Lehrbuch legten. Manch einer vertraute auf seinen hohen Wuchs, mit dem er, wenn er obendrein das Lehrbuch hochhielt, Auerbachs Gestalt überragte. Wie naiv! Das nahm ein schlimmes Ende. Die unvergleichliche Spürnase vermochte auf wunderbare Weise, allein schon aus der Art, wie vielleicht die Augäpfel des Aufgerufenen zitterten, untrüglich zu erraten, daß da vor ihm eine Betrügerei vonstatten ging, und die Folge war der sofortige lähmende Schrei „Ahii!". Ein Sprung vom Katheder, das dürre Lehrerhändchen packte das Buch, und das aufgedeckte Geheimnis wurde der Klasse in Gestalt des aus der Klatsche herausgerissenen Blattes preisgegeben, das Auerbach wie ein in Gift getränktes Tuch mit ebensoviel

Ekel wie mit bitterem Triumph nach allen Seiten schüttelte. Und gelang es manchmal auch, das Blatt heimlich verschwinden zu lassen oder es dem Nachbarn zu reichen, dann ordnete der kleine Professor eilig die Leerung der ganzen Bank an und holte alles der Reihe nach aus den Pulten hervor, was darin steckte: Solche Revisionen pflegten in der Regel traurig zu enden.

Gewiß, es wurden die verschiedensten Versuche unternommen, dem entgegenzuwirken und neue Methoden einzuführen – manchmal konnte man ein Stück Übersetzung aus einem Text vorlesen, den ein Nachbar, der eine Reihe davor saß, in einem entsprechenden Winkel hielt und ihn durch einen Bücheraufbau vor Auerbach versteckte, jedoch der unermüdliche Detektiv, ein wahrer Meister seines Fachs, machte auch solche Machenschaften mit Leichtigkeit zunichte; man erzählte sich dann noch wahre Wunder darüber, wie man, gleichsam in einem Kinematographen, Aufschriften mit einem Spiegel an die Wand in eine Ecke hinter dem Rücken des Lehrers werfen oder sich durch Morsezeichen verständigen könne, aber daraus wurde nie etwas, denn zweifellos war es schließlich leichter, die Übersetzung ganz gewöhnlich zu lernen, als die schwierige Kunst zu meistern, sich des telegrafischen Alphabets zu bedienen.

Während ich über meine Lehrer schrieb, fühlte ich immer deutlicher, und zwar mit wachsender Unzufriedenheit, daß ich auf ein Gleis geriet, auf eines der vielen, die von Generationen mehr oder weniger professioneller Memoirenschreiber ausgefahren worden sind. Man spricht vom Gymnasium wie von einem Puppenhaus – also von oben herab, aus großer Distanz, durch ein tränenumflortes Lächeln, wobei man die Gestalt der Pädagogen ein wenig, eben mit Herablassung, karikiert. Das sind die abgenutzten falschen Kniffe eines zur Glatzenbildung neigenden Verfassers von Lebenserinnerungen! Und sie sind um so perfider, als sie unbewußt sind; sie verwandeln den Stil in einen süßen Säuglingsbrei, in einen nach Lakritze riechenden Morast, der das Denken verkleistert und lähmt.

Über das Gymnasium von oben herab zu schreiben ist schlimmer als ein Vergehen – es ist ein Irrtum. Man muß darüber wie über etwas Absolutes schreiben. Durch Mauern und Kreide gestützt, währte es grundsätzlich im Lehrkörper – so müßte die erste annähernde Diagnose lauten. Das ist kein Scherz. Zu den Lehrern anderer Schulen, und man begegnete ihnen zum Beispiel im Theater, hatten wir das Verhältnis Orthodoxer gegenüber Andersgläubigen, gegenüber ihren Altären und Praktiken hegten wir nicht die geringste Unsicherheit, einfach nur eine leicht verlegene Verwunderung – da steckt ja überhaupt nichts dahinter, wie kann man nur so verblendet sein! Jeden fremden Pauker konnte ich mit einem einzigen Blick in Primfaktoren zerlegen, angefangen von den Galoschen über seine Beamtengeschäftigkeit bis zum Zwicker; er war die langweilige Summe jener Elemente, nichts weiter. Den Umstand hingegen, daß der „Schaffner" einen ansehnlichen Bauch hatte, nahm ich nicht zur Kenntnis. Er war nämlich absolut, er und sein kleines Notizbüchlein, der winzige machtgetränkte Bleistift und die langsame Bewegung der Finger, die unentwegt in geheimen Seiten blätterten; in einem Augenblick waren sie noch leer wie die Welt vor dem Tag der Schöpfung, im nächsten schon schlug ein lautloser Blitz ein. Die Wahrsager aus der ersten Bank versuchten aus dem mikroskopischen Kritzeln des Bleistifts das Schicksal abzulesen, das nunmehr unabwendbar war. So manches Mal trug ich die Klassenarbeitshefte in den Konferenzsaal. Dort mußten ein Tisch, vielleicht sogar Stühle gestanden haben, aber davon weiß ich nichts. Und was das Kabinett des Direktors selbst betrifft, so kann natürlich nicht die Rede davon sein, daß ich es beschreiben könnte, und dieses Nichtwissen läßt sich durch die Umstände, die mich dorthin brachten, erklären – etwa weil ich mit meinem Freund Ł. das Waschbecken in der Klasse zerschlagen hatte. Ich bleibe dabei: Nicht die Angst, sondern das Absolute blendete mich. Es war bestimmt dort. Ich habe das gespürt. Ich habe es sogar noch nach vielen Jahren gesucht, wenn ich, bereits ein Literat, der ein Treffen mit Jugendlichen hatte, in dem einen oder anderen Gymnasium bei einer Tasse

Kaffee im Kabinett des Direktors wartete. Ich fand nichts, es war wie Kampfer verschwunden, hatte sich verflüchtigt, hatte erstarrte Schreibtische, Sessel, Wappen sowie die richtigen Porträts an den Wänden hinterlassen – aber nur für mich. Seine Gegenwärtigkeit fand ich plötzlich in den Gesichtern der Schüler widergespiegelt, die dort über die Schwelle traten. Sie gerieten sofort in jene leichte, mir so wohlvertraute Trance, ich erkannte sofort jene unmerkliche Erstarrung, Versteifung, die trockene Kälte, den Glanz gefährlicher Euphorie in den Augen, den Kollaps aller Sinne auf einmal – gewiß, sie redeten nicht nur Unsinn, und sie scharrten eifrig mit den Füßen, aber das hatte ich auch getan. Daß sie Angst hatten? Daß auch ich als Zwölfjähriger Angst hatte? Was für eine Versimpelung! Als die Deutschen im September Lwów beschossen, bin ich im Jesuitengarten umhergelaufen und habe die noch heißen Schrapnelluhren gesucht, wobei ich mich entsetzlich fürchtete, denn die Kanonade währte ja weiter, und es war nicht nur so, daß ich dumm war, sondern auch, daß mir eine unverkennbare Gefahr drohte: Das Geschoß konnte mich töten.

Der Direktor hingegen tötete nicht, er hob mitunter nicht einmal die Stimme. Gewiß, es gibt Versuche, die Sache durch eine Quadratur des Kreises darzustellen, solange nämlich ein Glaube währt, wollen seine Bekenner nicht über ihn reden und können es auch nicht, man teilt seinen Zustand anderen nicht mit wie etwa den Besitz eines Ohres oder eines Beines; und der Atheist maskiert die Mystik früher Erinnerungen durch tiefgründige Krittelei oder durch die nachsichtige Überheblichkeit des Erwachten gegenüber dem Drama seiner Träume. Und im übrigen, bitte sehr, analysiert er, lächelt er unter Tränen, spinnt er den heiteren Erinnerungsfaden, ich bleibe jedoch bei meinem Standpunkt. Mystik? Ja, aber eine besonderer Art, das allgegenwärtige und zugleich total materialisierte Absolute; die Gymnasiastengeschlechter huldigen keinem Aberglauben, sie glauben nicht an Telepathie oder an Psychokinese, man würde ja beides beherrschen, wenn die Welt das erlaubte.

Kein Medium ist so empfindlich für fremdes Denken oder

für den Hauch aus dem Jenseits, wie wir es für einen Wissenstropfen waren, Aug in Auge mit dem Absoluten an der Tafel, den Kopf glühend von einer Sahara an Ignoranz. Was die Psychokinese betrifft, so waren wir vierzig durch den Geist zusammengeschweißte Jungen, und das Katheder des Lehrers sowie sein Notizbuch wären von dem Abgrund der unteren Etagen schneller verschlungen worden, als sich dieser Satz lesen läßt, wenn restlos angespanntes Denken die Materie aus den Angeln heben könnte. Mein Stil hat sich in den letzten Sätzen verändert, er ist biblischer geworden, aber man kann ja wohl nur so von solchen Dingen reden. Oder vielleicht im Stil Homers? Die alten Griechen spotteten ja über ihre Götter, sie kannten ihre kleinen Schwächen und Sünden. Aber auch die Juden des Alten Testaments tuschelten in den Winkeln, sobald der Herr nur den Kopf abwandte, schwänzten mit den Goldenen Kälbern die Schule, verloren den Glauben an das Katheder, das heißt vielmehr an die Arche des Bündnisses – ich meine, daß ihre Seelen denen der Gymnasiasten verwandt waren. Jesaia oder Ezechiel wären imstande gewesen, eine Algebralektion in numerierten Versen darzustellen, von denen jeder einen Blitz enthielte, der einem bis ins Mark geht; ich will dem nicht nacheifern. Denn alles, was ich erreichte, wäre ein durch Rhetorik verwässerter Scherz, eine Groteske, und doch hat damals der *spiritus*, der *flat ubi vult*, die Kreide, die von den kältestarren Fingern in Erwartung des Wortes ergriffen wurde, mit bis zur Transzendenz reichender Hochspannung aufgeladen.

Sollte ich etwa übertreiben? Nun, ich habe unseren Mathematiker tatsächlich nicht für eine Gottheit und den Direktor nicht für Zeus gehalten; dennoch, nach so vielen Jahren und Kriegen träumt noch mancher meiner Schulkameraden bis heute vom Abitur, das für ihn nicht weniger schrecklich war als das Letzte Gericht, obwohl kein Goya seiner Eschatologie mit dem Pinsel Ausdruck verliehen hat. Sollten wir alle solche Zeugnisse des Wachzustands und der hartnäckigen Träume mit Worten wie „Lampenfieber“, „Angst“ oder „Autorität“ abstempeln? Ich weiß nur soviel: Man zwang uns das Wissen auf, wir wehrten uns dagegen wie gegen die

Pest; die Umstände indes bewirkten, daß wir zugleich damit in Grenzerlebnisse eingeweiht wurden, man holte aus den unisono gestimmten Köpfen die höchsten und die niedrigsten Töne hervor, in denen ein Mensch noch vibrieren kann. Ganz gewiß gab es das alttestamentarische Lampenfieber vor dem feurigen Strauch, die Angst vor dem Schwefelregen der Fünfen, wir stritten uns mit so manchem Lehrer im Unterricht wie Moses auf dem Berge Sinai, den Jehova unerwartet aufgerufen hatte, aber diese Empfindungen, die bisher bekannte Grenzen überschritten, stellten uns Aug in Auge dem Unnennbaren, jenem göttlichen Element, der gespenstischen Ekstase gegenüber, die ich, befreit seit so vielen Jahren, durch die Anrufung des Absoluten als Gespenst zu beschwören suche.

Jeder von uns wächst im Verlaufe des Lebens aus aufeinanderfolgenden Glauben heraus, verläßt ihre Tempel, doch den von den Sockeln gestoßenen Gegenständen des gestrigen Kults gehörten ebensowenig Verachtung wie Herablassung. Mehr noch – damals habe ich das nicht gewußt, aber ohne uns wären die Lehrer nichts; im Rahmen der schwarzen Kataloge und der Schwämme, auf den zerkratzten Bänken, aus uns und aus ihnen, aus jenem zwischenmenschlichen Verhältnis ergab sich nach und nach das, was ihre Brillen, ihre Uhrketten, ihre Schneegaloschen und Bleistifte heiligte und potenzierte, und als alles schwand und sich hinter den Gymnasiummauern wie hinter einem übertretenen Zauberkreis verbarg, blieb der verschwommene Eindruck zurück, jener unsagbare Überschuß, den die Erinnerungen vergebens zu zeigen versuchen: daß ich nämlich außer den Unterrichtsstunden und den unruhigen Pausen voller Gezänk einen gewissen Zustand kennengelernt habe, der aus besonderen, nur zur Hälfte sichtbaren Verbindungen entstanden war, einen Zustand, der vielleicht auch in der Perspektive der Zeit bis zur Banalität herabgeschwächt, vielleicht auch ein wenig mißgestaltet war, wehrlos in seiner Lächerlichkeit nach dem Erwachen aus meiner ersten Einweihung in die Tragifarce der Existenz, denn ich habe ja den Aufgang, den Höhepunkt und den Niedergang von Mächten erlebt, die sich im Laufe der Jahre, wie in jeder großen oder kleinen Geschichte, als gewöhnliche Menschen erwiesen haben. Der Donnerkeil, den Zeus im Lehrbuch der Geschichte der Antike schwingt, erinnerte mich an den fäßchenförmigen Goralenschafskäse; ich habe ihn ohne Illusionen gesehen, wie heute des „Schaffners" präzis angespitzten Bleistiftstummel mit der Schutzkapsel. Für den Nüchternen ist der Olymp ein Berg, er braucht dort feste Stiefel und keine Opfertiere; außer Stühlen und Schreibtischen gibt es für mich nichts mehr in den Kabinetten der Gymnasialdirektoren; ich sage das ohne Bedauern, aber auch ohne zu lächeln, denn dies ist eben die Ordnung der Dinge.

Nach diesem Lied kehre ich in das Lwów der dreißiger Jahre zurück, zu seinen schattigen Passagen, seinen hügeligen Straßen, der grünen, geradezu waldähnlichen Akademiestraße, der Straße der Legionen, mit der Klammer des Großen Theaters und – mittendrin – dem Plac Mariacki, der so prachtvoll in den Nächten war, wenn von den Dächern herab der Hirsch der Seifenmarke Schicht sowie die über eine Neonleiter hüpfenden Suchardschokoladensorten Milka, Velma und Bittra leuchteten. Um das Jahr fünfunddreißig kam der Tonfilm auf, mit Al Jolson und seinem Lied vom Sonny Boy, das die Hinterhofsänger sogleich aufgriffen. Man muß nämlich wissen, daß damals unzählige Artisten, Feuerfresser, Akrobaten, Sänger und Spieler sowie die echtesten Leierkastenmänner der Welt auf den Höfen erschienen, mancher hatte sogar einen Papagei mit, der beim Wahrsagen Lose zog. Wer weiß, ob sich nicht die Gewissensbisse über meine schändlich zerstörte Spieldose insgeheim in meiner Seele auswirken, jedenfalls hege ich für die klimpernd hinkende, unbeholfene, fast mißtönig klingende Musik sämtlicher Leierkästen und anderer anachronistischer Mechanismen die größte Hochachtung. Es liegt darin ein naiv-süßer Ernst, das Vertrauen des 19. Jahrhunderts in die Perfektion der gezähnten Rädchen und Walzen, die mechanische Aufrichtigkeit der Materie, die ihren eigenen Ton erzeugt und nicht menschliche Laute nachahmt.

Aber all diese kurbelbewehrten Klimperkästen sind im heraklitischen Fluß ertrunken. Ich war auch ein begeisterter

Anhänger der für die Hintertreppen bestimmten Zirkuskunststücke; manchmal führten ganze Familien ihre Darbietungen vor, sie wanderten mit einem abgenutzten Vulkanfiberkoffer umher, der Zunder, Gewichte, ein Schwert zum Verschlingen und andere Merkwürdigkeiten enthielt, und mit einem zusammengerollten kleinen Teppich, auf dem die akrobatischen Kunststücke dargeboten wurden. Während das Haupt der Familie Degen oder Feuer schluckte, spielte die Mutter auf der Ziehharmonika, und die Kinder bildeten biegsame Pyramiden oder liefen auf dem Hof herum, um die in Papier eingewickelten Kupfermünzen aufzulesen – falls welche aus den Fenstern geworfen wurden. Es herrschte ja erhebliche Not, die nicht nur die Kunst, sondern auch den Handel und die Industrie auf die Straße trieb. Eine Menge ambulanter Händler mit Kämmen und Spiegeln trieben sich herum, oft konnte man das Klimpern der wandernden Scherenschleifer und den Ruf „Töpfe löten!" vernehmen, viele weissagende Zigeunerinnen oder auch ganz gewöhnliche Bettler, die die eigene Not als einzige Ware hatten, liefen umher. Alle diese Gestalten bildeten in meinen Augen die natürliche Ergänzung des städtischen Landschaftsbildes, als könnte es gar nicht anders sein.

Von den Filmen der Tonepoche habe ich eigentlich nur die über Ungeheuer in Erinnerung: über King Kong, den vier Stockwerke großen Affen, der sich in eine gewisse Dame verliebte, die er durch das Fenster eines Wolkenkratzers entführte, sie wie eine Banane in der Hand hielt und ihr die Kleidung vom Leibe zog, dann über eine Mumie, über ein Schwarzes Zimmer, über einen Werwolf. In der „Mumie" legte, als diese aufstand, Boris Karloff, der die Titelrolle spielte, die Hand auf die Schulter eines jungen Ägyptologen – das fünffingrige Gerippe, in das die Experten seine Hand verwandelt hatten, war abscheulich. Karloff war überhaupt in den Rollen verschimmelter Toter („Frankenstein", „Der Sohn Frankensteins") unübertroffen. Die Themen kamen gleich in ganzen Familien an, denn bald danach sah ich auch den „Sohn des King Kong"; einen rechtschaffenen Affen, der den Menschen auf einer vulkanischen

Insel wohlgesonnen war, und als der Ozean die Insel verschlang, nahm er die Helden in seine Hand und hielt sie so lange über Wasser, bis man sie auf ein Schiff zog. Er selbst hingegen gluckste ein paarmal und sank nach dieser schönen Tat auf den Grund.

Ich hatte die burschikose Gewohnheit, meinem Vater während der ungestümeren Szenen im Kino Rippenstöße mit dem Ellenbogen zu versetzen, und bei den obengenannten Filmen drosch ich ihn hemmungslos fast ohne Unterbrechung; Verbote fruchteten nichts, es war eben stärker als ich. Je mehr ich mich fürchtete, um so besser gefiel es mir, und umgekehrt; niemand weiß, weshalb wir es eigentlich gern mögen, wenn man uns (natürlich in Maßen) schreckt, also kann man auch von mir hier kaum eine Erklärung erwarten.

Wie jedes Lwówer Kind ging ich selbstverständlich hin und wieder zum Panorama von Racławice. Das war eine große Attraktion. Zunächst versetzte einen allein schon der Eintritt in erhabene, außergewöhnliche Stimmung, denn man mußte eine Zone des Halbdämmers durchschreiten und gelangte über eine Treppe auf ein Podest, das in mir unwiderstehlich die Assoziation zu einem großen, unbeweglich hängenden Ballon erweckte. Von diesem Podest konnte man das Panorama der Schlacht wie in natura betrachten, wobei das Problem, an welcher Stelle der authentische Zaun mit den auf die Latten gesteckten Töpfen in den gemalten überging, viel Streit verursachte. Ich hatte damals nicht das geringste gegen die naturalistische Schule einzuwenden. Im Gegenteil, ich liebte es sogar, sehr früh ins Theater zu kommen, wenn der gewaltige eiserne Vorhang aus der Hand Siemiradzkis noch nicht hochgezogen war, weil darauf so viele verschiedene belustigende Dinge geschahen. Überhaupt erschien mir unser Großes Theater als ein unerhört luxuriöser Ort, durchaus *comme il faut*, von bestem Geschmack, mit seinen roten Samtbeschlägen und den vielen Rängen, den Kandelabern, den Lichtern darauf, dem Saal für Raucher und – *last not least* – dem Büfett, wo mein Vater uns, das heißt meiner Mutter und mir, je ein Sandwich mit dünn geschnittenem Schinken zu kaufen pflegte. Ich kann mich nicht mehr daran erinnern, welche hervorragenden dramaturgischen Werke ich in dem Theater gesehen habe, dafür entsinne ich mich genau, daß ein solches Sandwich sogar fünfzig Groschen kostete.

Ich wurde, nach Maßgabe meiner eigenen Möglichkeiten, immer kultivierter, und dennoch stand ich heimlich, irgendwo in der Tiefe meiner Seele, offenbar auf seiten all jener Kräfte, die die Zivilisation, so gut sie es kann, bekämpft. Davon zeugen meine Reaktionen auf strenge Winter oder auf andere, kurzfristigere Kataklysmen. Das Klima von Lwów war eher kontinental, Regenwetter im Januar war dort einfach unmöglich. Es war wohl das Jahr 1930, als die Temperatur auf minus sechsunddreißig Grad fiel, bei einem Himmel, der so klar war wie ein blauer Eisberg; die Preise für Heizmaterial stiegen entsetzlich, hinter jedem Wagen, in dem Kohle gefahren wurde, rannten gebückte Kinder her, die auf jedes herunterfallende Stückchen lauerten, und wenn ich mit meinem Vater zu einem kleinen Spaziergang hinausging, bis zur Unkenntlichkeit in diverse Winterfilztücher und Ohrenschützer eingemummt, dann begegneten wir unterwegs mehreren großen Eisenkörben, in denen städtische Kohle brannte. An jedem wärmten sich ein paar frierende Habenichtse; aber, und das mag unerhört klingen, mir kam das alles großartig vor, und ich nährte, unfaßbar radikal, noch mehr Hoffnungen auf irgendwelche katastrophalen Veränderungen, als dann die gewaltigen Schneefälle hereinbrachen. Wie träumte ich doch davon, daß der Schnee unser ganzes Haus zuschütten möge, daß die Straßenbahnen und die Autos stehenblieben, daß man vom Balkon im zweiten Stock aus geradewegs auf die in eine Eisbergschlucht verwandelte Straße treten könne. Ebenso half ich, wenn der Strom abgeschaltet wurde, was übrigens sehr selten geschah, andächtig die Kerzen suchen, trug ihre schwankenden, flackernden Lichter in der plötzlich dunkel gewordenen, wie um geheimnisvolle Räume erweiterten Wohnung umher und war ehrlich betrübt, wenn die trivialen Glühbirnen durch erneutes Aufflammen jene süße Stimmung mittelalterlicher Finsternis beendeten!

Obwohl ich bereits soviel von Dingen erzählt habe, die meine Kindheit ausfüllten, spüre ich weiterhin, daß ich mich der ihnen gegenüber eingegangenen Verpflichtung nicht entledigt habe. Als „Grundierung der Psyche" bezeichne ich für den Eigengebrauch jene erste Schicht der mit der Welt zusammenhängenden Erfahrung, die sich mit der Zeit als ein Farbton erweist, den man durch keinen anderen ersetzen kann. Diese „Grundierung" bewirkt dann, daß man zwanzigmal ein Materialist und ein Atheist sein kann und doch zugleich in der Magengrube einen süßen Druck verspürt, wenn man Orgelmusik oder Glockengeläut vernimmt, während hingegen die Stimme, mit der der Muezzin die Gläubigen zum Gebet aufruft, nur fremde, obschon vielleicht auch anziehende Exotik darstellt. Das ist gewiß eine Einweihung in eine bestimmte Form der Kultur, die dauerhafter ist als der Glaube an ihre Einheit, denn man kann sehr wohl wissen, daß es verschiedene Friedhöfe auf der Welt gibt, und trotzdem wird man immer denjenigen für einen „echten Friedhof" halten, dessen Gräber von Quendel umwuchert sind und deren Stein- oder Birkenkreuze sich wie im Winde neigen. Aber das ist ebenfalls ein Anknüpfen der empfindlichsten, weil ersten Verbindungen zu den nüchternen Produkten der Zivilisation. Denn was für eine Poesie steckte denn eigentlich in den langen Haberbuschwagen, die in Fässern, welche durch Haken befestigt waren, Bier ausfuhren und die von schweren, haferglänzenden Percheron-Pferden gezogen wurden? Oder in den alten Autos, die laut aufheulten, wenn sie auf den Kadecker oder auf den Stryjer Berg hinauffuhren, so daß man nicht nur ihre verzweifelte Anstrengung spürte, sondern ihnen unbedingt mit der hilfreichen Anspannung aller Seelenkräfte assistieren mußte? Die Unzuverlässigkeit jener Vehikel erforderte ständiges Interesse, Sympathie, ja sogar, ich wage dies zu behaupten, tätige Barmherzigkeit, die die heutigen Autos weder von uns verlangen noch benötigen, weil sie nach dem Willen der Konstrukteure stolz die Ausmaße ihres Kraftaufwands vor dem Benutzer verhehlen.

Diese – heute altmodischen – Vehikel waren gerade durch ihre Unzuverlässigkeit echte Individualitäten. Ich erinnere mich noch der ersten Unterweisung in der Automobilkunst, als ich ein Jahr vor meinem Abitur unter die Fuchtel eines schweigsamen Ausbilders geriet, der ganz so aussah, als ob er sich ausschließlich von schwarzem Öl ernährte. Die einführende Lektion bestand im Drehen der Kurbel, und da die tückischen Motoren boshaft auszuschlagen pflegten, zeigte er mir zu Beginn, wie ich den Griff zu halten habe, damit mir nicht ein unverhofftes Auskeilen die Handwurzel brach. Als ich mich dann, blaß vor Aufregung, auf die nach Benzin riechenden Lederkissen setzte, befahl mir jener Mann – er glich in diesem Augenblick dem Käpten Nemo, als der den Nautilus durch den schrecklichen „Arabian Tunnel" lotste –, im ersten Gang und mit Vollgas schnurstracks auf die Ziegelmauer des Hofes zu fahren. Verblüfft vor herrlichem Entsetzen, mußte ich ihm gehorchen, und wir jagten mit der irrsinnigen Geschwindigkeit eines Fußgängers geradewegs auf die rote Mauer zu, bis mein Präzeptor einen Meter davor seine eigene Bremse zog. Nicht nur die Synchronisierung der Gänge galt damals als ungesunde Ausschweifung, die von irgendwelchen überseeischen Aufschneidern ausgedacht worden war: Man stellte auch die Zündung mit der Hand ein, tutete mit einer Gummihupe, die einer Hegarbirne glich, und man brauchte Herkuleskräfte, um einen Reifen zu montieren.

Übrigens präsentierten sich auch die häuslichen Bezirke des Lebens, die nicht vom Bazillus der zur Trägheit verführenden Automatisierung betroffen waren, in dem ganzen Reichtum liturgischer Zergliederung. So zum Beispiel der bereits erwähnte Kataklysmus, genannt die große Wäsche, der in der Phase von Seifenwasserglucksen mit stickigem Dampf zerfiel, in die Plackerei der Waschfrauen und der Waschzuber und schließlich in das Wäschemangeln mit hölzernen Rumpeln, das die ganze Wohnung erschütterte. Oder der Marathonlauf auf Bürsten, die das Parkett in Spiegel verwandelten. Und das Bügeln in der dumpfigen Aura des Kohlendunstes, wenn die Büglerin alle Augenblicke auf die Terrasse lief und kräftig das Bügeleisen schwenkte, um seine Kohlenglut zu entfachen, daß die Funken nur so aus seinen halbmondförmigen seitlichen Ritzen sprühten wie aus dem

Bauch einer Lokomotive. Und der periodische Einzug der Näherin bei uns, die von früh bis spät auf der Maschine ratterte, während ich so viele Tuchfetzen wie nur möglich stibitzte, weil mir das verboten war. Oder das Einkochen von Konfitüre und meine aufdringlichen Bitten, daß man mich zum Range eines Abschöpfers erheben möge – damit ich, mit einem großen Holzlöffel bewehrt, Schaum von dem vulkanischen Himbeerstrudel abtragen konnte, dessen Bestimmungsort sich nach Auffassung meiner Mutter auf dem Teller, nach meinen schlauen Berechnungen hingegen im vor Süßigkeit triefenden Mund befand. Es kommt hier weniger darauf an, was bei diesen schweren Arbeiten der rationelle Nutzen war. Ihr Primitivismus verschlang gewiß eine Menge Zeit und Kraft – gleichzeitig machte er die Kindheit zu einer Lehre bei Elementen, die grundsätzlich ungehorsam waren. Denn in der Wäsche entstanden durch Funken schwarze Löcher, und die Konfitüren in der Speisekammer verwandelten sich leicht in Zucker oder wurden zur Abwechslung schimmelig, wodurch ich die Widerspenstigkeit der nur zur Hälfte gebändigten Natur, die auf dem Blech siedete oder in den Öfen loderte, so recht kennenlernte. Und selbst wenn nichts Katastrophales geschah, so lebte ich doch, wenn ich mich in der verwandelten Wohnung herumtrieb, in intimer Nähe von Unglücksfällen, denn ich sah, welch großer Achtsamkeit es bedurfte, um die Vorgänge zu bändigen, die in den Pfannen und Zubern entfesselt worden waren. Vor allem schienen sie unberechenbar zu sein, gleich einer Segelfahrt über ein unbekanntes Meer, und die ganze Macht, die in Großmutters vergilbten Rezepten enthalten und dazu aufgerufen war, daß die Wäsche einen schönen blauweißen Glanz erhielt, daß die Früchte ihre Form bewahrten und der Sirup, in dem sie schwammen, die Farbe alten Weins annahm – all diese Erfahrung genügte manchmal nicht; nichts erfüllte sich hier mit Bestimmtheit und selbsttätig, alles konnte nur sein, und zwar in unveränderlicher Liaison mit dem Risiko. Die Rosen wurden in Körben geliefert, dann wurde von jedem Blütenblatt die weißliche Spitze mit einer kleinen Schere abgeschnitten, dann folgten weitere Tätigkeiten, die die Konfitüre vorbereiteten, das „Danaidenschäumen“ sowie die Sterilisierung des Weckguts – eher Magie denn Chemie –, bis schließlich der Berg der Mühen die gläserne Schlachtordnung der Gefäße mit den angeklebten Etiketts gebar, die die Speisekammer in ein Museum verwandelte, das sich löblich präsentierte. Ich kann daher durchaus die Mischung von Verachtung und Verzweiflung verstehen, die sich in den Herzen erfahrener Hausfrauen breitmacht (doch wo gibt es sie heute?), wenn sie zu der Überzeugung gelangen, daß die Industrie ihnen im Zubereiten von Kompotten oder Konfitüren gewachsen ist. Ganz gewiß: Nur ein Wahnsinniger würde die Rückkehr einer so primitiven Marter verlangen. Aber die Landschaft jener Arbeiten, die vom Zweifel benagt und mit einer Hartnäckigkeit verwirklicht wurden, die einer heldenmütigeren Sache wert gewesen wäre, ist in meiner Erinnerung mit der Schulzeit verwachsen, und zusammen mit ihr habe ich einen herben, jedoch kostbaren Wert verloren, denn man hatte ja damals mit mangelhaften Dingen zu tun, und eben ihre Mangelhaftigkeit machte sie zum Gegenstand von Sorgen, und sind nicht die Sorgen die Quelle einer liebeähnlichen Anhänglichkeit? So war denn auch in jener entlegenen Zeit ein Ausflug aufs Land keine Flucht vor Bequemlichkeiten, er stellte nicht so sehr eine unterhaltsame Erschwernis der Existenz als vielmehr die Einstellung einer Art von Arbeiten zugunsten anderer dar. Zugleich aber beobachteten die Älteren nicht ohne Entrüstung die technischen Neuerungen und erinnerten an ihre eigene, offenbar strengere und darum angeblich auch gesündere Jugend, was unsereins übrigens selbstverständlich zu überhören pflegte.

Ebenso wie die Kinderkrankheiten machte ich auch verschiedene mehr oder weniger banale Manien durch – solche des Alters oder der Epoche. Zunächst sammelte ich natürlich „Anglase“, das heißt Konterfeis von Staatsflaggen in Schokoladenpackungen dieser Marke, später kleine Fotos ferner Städte, (ebenfalls) in Schokoladenpackungen der Firma Suchard, bis ich so viele davon hatte, daß ich ein Stereoskop von der Firma erhielt – um sie mit beiden Augen betrachten zu können. Briefmarken sammelte ich, wie bereits erwähnt, nur zum Schein. Ich konnte mich zu einem uneigennützigen Sammeln nicht aufschwingen. Mein Vater redete mir zunächst zu, ich solle mein Taschengeld sparen, und kaufte mir zu diesem Behuf ein tönernes Schweinchen – eines zerschlug ich, das zweite plünderte ich mit Hilfe eines Messers aus. Daraufhin brachte er feierlich eine Sparkassenbüchse mit nach Hause. Man konnte zwar Münzen dort hineinwerfen, konnte sie aber nicht mehr herausnehmen, das besorgte die Kasse selbst, in der ich ein Sparbuch hatte, jedoch nur theoretisch: Als ich nämlich den Mechanismus untersuchte, gelangte ich zu der Überzeugung, daß man die Sparbüchse, wenn man sie längere Zeit hartnäckig mit dem Boden nach oben schüttelte, schließlich dazu bringen konnte, daß sie ein, zwei Złotystücke ausspuckte, was letztlich auch zu ihrer völligen Leerung führte. Nun verzichtete mein Vater auf das Sparsystem, an das er mich so eifrig zu gewöhnen versucht hatte.

Und ich brauchte unbedingt Geld. Ich hatte ja niemanden, der mir Draht für Induktoren, Stanniol für Kondensatoren und für Leydener Flaschen, auch keinen Klebstoff oder Gummis für Schleudern gab. Von den anderen Artikeln des dringenden Bedarfs war die Halwa, von der ich viel verbrauchte, ziemlich teuer. Dann waren da noch die Ausschneidemodelle. Es wurden damals seltsame Dinge ausgeschnitten und geklebt, außer den gewöhnlichen Panzern und Flugzeugen auch Gasmasken, die man sogar tragen konnte, so lange, bis sie vom Speichel und vom Atmen durch den löchrigen Boden des papiernen Einsatzes restlos aus dem Leim gingen. Und die Luftballons? Warum gibt es heutzutage bloß keine echten, das heißt keine lebenden mehr? Anfangs bekam ich sie, ebenso wie die kleinen Windmühlen aus buntem Papier, an Stöcken befestigt, die ein gewisser Verkäufer vor der Universität stets in einer großen rohen Kartoffel wie in einem Griff festgesteckt hielt. Aber die Universität selbst hieß damals noch Sejm, ich hatte keine Ahnung, daß das aus Trägheit geschah, ein Überbleibsel der österreichischen Besatzung, in der sie den galizischen Landtag beherbergt hatte.

Außer diesen Windmühlen hatte jener Verkäufer auch Luftballons an Hanfschnüren, sie waren ganz bunt und mit Gas gefüllt. Für mich hatten sie etwas außerordentlich Anziehendes und zugleich Trauriges. Man durfte den Luftballon nicht loslassen, denn er flüchtete zum Himmel – ich sehe noch die Verzweiflung der Kinder, denen im Jesuitengarten ein solches Malheur zustieß! Doch in der Wohnung war der Luftballon auch nicht glücklich, denn er flog sogleich an die Decke und blieb dort, wobei er hartnäckig, töricht und wie verzweifelt mit seinem aufgeblähten Kopf dagegenstieß; am schlimmsten jedoch war der nächste Morgen, da fand ich ihn nämlich im Sterben. Er war im Laufe einer Nacht runzlig, altersschwach geworden, war abgemagert und unglücklich, hatte nicht mehr die Kraft, auch nur an die Decke zu springen, konnte sich kaum über den Fußboden erheben und schleppte melancholisch die Schnur hinter sich her. Ich erwähne das erst an dieser Stelle, denn mein wundersames Gefühl für die Luftballons ist mir lange Jahre geblieben – ich habe sie gekauft und es geheimzuhalten versucht, damit man mich nicht auslachte. Ich fügte ihnen zwar Gondeln an, verfertigte Zeppeline daraus, doch war das nur ein Selbstbetrug. Ich brauchte ihre flüchtige Gesellschaft, ihre Eintagsexistenz wie ein „Memento mori", ein Modell, das die Unvermeidlichkeit des Vergehens jeder Herrlichkeit demonstriert. Manchmal tauchten Ballons auf, die mit Luft aufgeblasen waren, sie hingen an biegsamen Kupferdrähten, aber diese toten, schon seit ihrer Geburt leblosen Imitationen, diese kläglichen Nachahmungen gingen mich nichts an, ich verschmähte sie, weil sie etwas vortäuschten, was sie nicht waren. Da sie sich auf das Risiko einer authentischeren Existenz nicht einließen, verdienten sie so nur, von Dummköpfen besessen zu werden. Ich wollte mit ihnen nichts zu tun haben.

Es gab dennoch etwas, was ich lange Zeit hindurch uneigennützig, hartnäckig sammelte – und zwar elektrisch-mechanisches Gerümpel jeder Art. Ich habe mir bis heute ein besonderes Gefühl für defekte Klingeln, Wecker, alte Spulen, Telefonmikrofone oder ganz allgemein für Gegenstände bewahrt, die aus den Bahnen ihres Seins geworfen, verbraucht waren und sich irgendwo verlassen herumtrieben – der Ort, an dem man ihnen eine letzte, wenn auch klägliche Chance einräumte, verhältnismäßig anständig dahinzuvegetieren, war der Gebrauchtwarenmarkt hinter dem Theater. Ich ging öfter dorthin, ein wenig wohl wie ein edelmütiger Almosengeber, der Elendsquartiere aufsucht, oder wie ein Tierliebhaber, der heimlich abgezehrte Hunde und Katzen füttert. Ich war ein Philanthrop für alte Funkenstrecken, kaufte abgenutzte Automagneten, Muttern jeglicher Art, Stromwender, die niemand mehr brauchen konnte, Fragmente unergründlicher Vorrichtungen und schleppte das alles nach Hause, verbarg es in einem Schuhkarton im Schubfach, steckte es überall hin, wo es nur ging, sogar über die Bücher auf den oberen Regalen (ich besaß bereits eine eigene Büchersammlung), manchmal nahm ich die Gegenstände heraus, staubte sie ab, natürlich mit den Fingern, drehte an irgendeiner Kurbel, um ihnen ein Vergnügen zu bereiten, und verbarg sie dann wieder sorgfältig. Weshalb ich das tat, weiß ich nicht. Darüber befragt, hätte ich natürlich sofort entgegnet, daß mir dies oder jenes bei irgendwelchen Plänen immer von Nutzen sein könnte, aber das war weder die ganze noch die reine Wahrheit.

Hinter dem Gelände der Ostmesse erstreckte sich einer der schönsten Orte, die es für mich auf der Welt gab – der Rummelplatz. Da waren Karussells, eine Berg-und-Tal-Bahn, ein Geisterschloß, ein Lachfaß und sogar noch größere Attraktionen. Zum Beispiel ein Lederschaf, dem man auf das Maul schlug, während ein Kraftmesser die Wucht des Hiebes in den entsprechenden Graden anzeigte. Oder ein Flohzirkus, in dem die Insekten notgedrungen Miniaturwagen und -kutschen ziehen mußten. Oder aber die geheimnisvollen Kioske und Kabinette; in einem davon entkleidete sich gerade in dem Augenblick, als ich mit meinem Vater dort eintrat, eine äußerst korpulente Frau, und zwar nicht zu Stripteasezwekken, sondern um uns den Reichtum an phänomenalen Tätowierungen zu zeigen, die sie zierten. Als sie interessante Szenen auf dem Bauch demonstrierte, wurde mein Vater unruhig, und als sie weiterging, vermochte ich gerade noch den

Saum einer originellen Landschaft zu erhaschen, weil er mich mit Gewalt zur Tür zerrte.

An einer bestimmten Stelle befand sich ein Stand, der von den Zuschauern durch eine kleine Schranke getrennt war. Dahinter erstreckte sich ein niedriger, aber geräumiger Tisch, auf dem Schokoladen, Bonbonnieren und solide Konfektschachteln lagen, und der Sinn der Sache bestand darin, daß man Münzen in die Richtung dieser Exponate werfen mußte. Wenn das Geldstück auf einem davon liegenblieb, wurde dieses das Eigentum des glücklichen Spielers. Ich bemerkte recht bald, daß die größeren Konfektkartons gewölbte Deckel hatten, die außerdem noch mit sehr schlüpfrigem Zellophan beklebt waren, so daß die Münzen auf den Tisch abrutschten. Doch wozu wurde dem Menschen der Verstand gegeben? Ich richtete mir zu Hause auf dem Fußboden aus Büchern und Federkästen einen Experimentierplatz ein und lernte in kurzer Zeit die Münze so zu werfen, daß sie zuerst hochflog und dann ganz senkrecht und unbeweglich, ohne jede Neigung zum seitlichen Abgleiten herunterfiel. Danach begab ich mich seelenruhig zum Rummelplatz. Und ich gewann auch eine große Bonbonniere, aber fast gleichzeitig näherte sich mir von der Seite ein Mann mit achtunggebietenden Schultern und zischte mir ins Ohr: „Hau ab, Rotzbengel!" Ich fügte mich diesem Verlangen – und zu Hause erwies sich dann der Inhalt der Bonbonniere als ungenießbar, alles darin war entweder restlos verzuckert oder vor Alter versteinert.

Wie man aus diesen kleinen Histörchen ersehen kann, vergingen zwar die Jahre, doch ein gewisser Typ meiner Interessen widersetzte sich dem Ablauf der Zeit. Ich fand weiterhin Geschmack an Piaseckis Halwa, auch an den Produkten Wedels (in den kleinen Schieferschächtelchen), außerdem entdeckte ich in der Nähe der Oper eine Konditorei namens „Jugosławia", in der es die herrlichsten Leckerbissen des Ostens in ganz Lwów gab: verschiedene orientalische Rakatlokum-Würfel, Naute, exotische Nugats, Kwaß und viele andere gute Dinge; ich habe, wohlgemerkt, in jener Zeit etliche Kilo mehr gewogen als heute.

Die Ostmesse habe ich schon erwähnt! Ich liebte es, auf ihrem Gelände spazierenzugehen, wenn es menschenleer und ungenutzt war. Wie seltsam muteten dann die großen Hallen mit den verschmutzten Scheiben an, und ein von mir bevorzugter Ort wurde der große Bogen, den der längste, der halbrunde Pavillon bildete, der mit einer Hälfte den Baczewski-Pavillon umschloß (den, der stets mit Likörflaschen vollgestellt war). Wenn man vor dem Baczewski-Turm stehenblieb, konnte man das Echo wecken, das im Raum schlief; das Händeklatschen wiederholte sich, wenn es ziemlich stark war, vier-, fünf-, sogar sechsmal, ebenso jeder Schrei. Und dabei verging außerordentlich viel Zeit zwischen dem immer schwächer und schwächer werdenden Widerhall, der zu ersterben schien, als dringe er einem aus immer größerer Entfernung und mit immer größerer Mühe ans Ohr; ich stand in den kühlen Tagen des heiteren Herbstes dort und lauschte eifrig den letzten verklingenden Lauten des Echos, in denen etwas Ergreifendes, Geheimnisvolles und zugleich faszinierend Klägliches war; ich wußte natürlich, worauf der Mechanismus der wiederkehrenden reflektierten Klangwelle beruhte, aber das hatte eben nichts mit dem besonderen Reiz jenes Ortes zu tun.

Drei Jahre vor dem Krieg bin ich dort zum erstenmal, jählings und ganz in der Nähe mit dem faschistischen Deutschland in Berührung gekommen. Über einem der Pavillons war die rot-weiße Fahne mit dem schwarzen Hakenkreuz erschienen, und drinnen gab es viele interessante Maschinen sowie einiges Spielzeug an exponierter Stelle zu sehen – es waren womöglich nur mechanische Panzermodelle, jedenfalls getreu kopiert, mit dicker Panzerung, fleckig gescheckt wie eine Eidechse, mit Raupenketten, Türmen und vollständiger Bewehrung; auf ihnen prangten, deutlich aufgemalt, in der Miniatur genau dargestellte Erkennungszeichen der Wehrmacht, die ich sehr bald in ihrer wirklichen Größe auf den Panzerplatten der gleichen Muster Mark IV betrachten sollte; damals jedoch waren sie nur Spielzeug, obwohl ich schon dies und jenes über Hitlerdeutschland wußte und für mich bereits damals in diesem ansonsten verlockenden Spielzeug etwas von der verschwommenen Ankündigung der kommenden Zeit oder sogar von Vorboten einer Gefahr lag, von solchen jedoch, die durch Verkleinerung Unschuld vortäuschen. Dieses schöne Spielzeug hatte etwas an sich, was abstieß, als ob es nicht einfach nur sich selbst darstellte, sondern als ob daraus etwas entstehen oder sich etwas daraus ergeben sollte. Übrigens will ich ehrlich hinzufügen, daß ich mir dessen nicht ganz sicher bin; die späteren Ereignisse können dieses Licht auch wie vor einem Gewitter zurückgeworfen und damit ganz harmlose Ereignisse unheilvoll verfärbt haben.

6

Es ist nunmehr höchste Zeit, Rechenschaft über das abzulegen, was ich schon in einer etwas vagen Andeutung erwähnte, nämlich über jene eifrigen, merkwürdigen und vor allem intimen Beschäftigungen, denen ich mich sowohl im Gymnasium als auch zu Hause widmete. Der Umstand, daß ich überhaupt soviel tun konnte (und es wird sich gleich herausstellen, daß ich tatsächlich eine Menge intensiver Arbeit zu bewältigen hatte), verwundert mich heute, da mir die Zeit beinahe zu nichts mehr reicht. Offenbar ist diese Substanz unserer Dauer in der Jugend besonders dehnbar und erzeugt in sich bei richtig aufgewendeter Mühe gänzlich unerwartete, gewissermaßen zusätzliche Räume, denn sie läßt sich ausstopfen wie die Taschen meiner Schuluniform, in denen ich, der Tradition entsprechend, mehr mit mir herumtrug, als ihr Fassungsvermögen prosaisch zu gestatten schien. Sollte etwa auch der Raum seinem Wesen nach Kindern geneigter sein? Das ist doch wohl unmöglich; und dennoch schleppte ich außer den Schnurrollen (für Schiffsknoten ebenso wie für den Notfall), außer dem Häufchen Schrauben, die ich besonders liebte, dem Taschenmesser, den Radiergummis (sie verschwanden im Zusehen, ich habe sie doch nicht etwa aufgegessen?), außer der messingenen Klosettkette, den Spulen, den Gummibändern, dem Winkelmesser, dem kleinen Zirkel (weniger für geometrische Zwecke denn als Waffe gegen den vor mir sitzenden dicken Z.), dem gläsernen Tablettenröhrchen voll zerriebener Streichholzköpfe (Gift und zugleich Explosionsmittel), dem Vergrößerungsglas, das durch Risse etwas getrübt war, dem hufeisenförmigen Portemonnaie, das ständig in Geldverlegenheit war, sowie jenen Früchten, die uns die Natur in der jeweiligen Saison lieferte (Eicheln, Kastanien), der Hälfte einer Jo-Jo-Scheibe, die nicht mehr zu gebrauchen, aber irgendwie wertvoll war, einem kleinen Rätselschema mit verschiebbaren Zifferquadraten, „Fünfzehner" genannt, und einem anderen, mit drei Ferkeln (ein Geschicklichkeitsspiel unter einer runden Glasscheibe) – noch ein ganzes Büro von zu Hause zur Schule und von der Schule nach Hause. Ich weiß nämlich selbst nicht mehr, wie und wann ich auf den ziemlich originellen Einfall mit den Ausweisen gekommen bin. Ich stellte sie während des Unterrichts her, so als wäre ich damit beschäftigt, die Worte meiner Lehrer zu notieren, hinter dem mit der linken Hand angehobenen Heftumschlag, und zwar in aller Ruhe, massenhaft, ausschließlich für mich selbst, ohne jemandem auch nur das geringste davon zu zeigen.

Die Lehrlingsperiode übergehe ich hier; es wird also von der in der zweiten und dritten Klasse erreichten Meisterschaft die Rede sein. Zunächst schnitt ich aus Heftpapier, das unbedingt glatt sein mußte, kleine Bögen, die ich doppelt, zu Büchlein faltete und in einem besonderen Verfahren sowie mit besonderem Material zusammennähte. Die Ziffern der Nummer 560 auf dem Gymnasiumschild waren aus Miniaturspiralen eines haardünnen Silberdrahtes gestickt. Er diente mir als Buchbindergespinst. Verfügte ich dann über einen gewissen Vorrat an Büchlein ungleichen Formats, was sich als wesentlich erweisen wird, so legte ich sie in Umschlagdeckel aus bestem Werkstoff – Bristolpapier, Zeichenpapier, und bestimmte Formblätter schloß ich in einem Karton von hoher Qualität ein, den ich aus den Unterrichtskladden ausschnitt. Beim Ertönen des Klingelzeichens, das die Pause ankündigte, versteckte ich alles in der Schulmappe, um in der nächsten Unterrichtsstunde die leeren Seiten langsam und akkurat auszufüllen. Ich benutzte Tinte, Tusche, chemische Buntstifte und Münzen, mit denen ich die entsprechenden Stellen stempelte. Was das für Ausweise waren? Verschiedene: Sie verliehen eine bestimmte Territorialgewalt, die mehr oder weniger beschränkt war, ich druckte mit der Hand auch Verleihungsurkunden, Titelgewährungen, besondere Vollmachten und Privilegien und auf länglichen Formblättern verschiedene Arten von Scheckbüchern oder Obligationen, die ihr Äquivalent in Kilogrammen von Edelmetall, vorwiegend von

Platin und Gold, besaßen, oder Anweisungen über Edelsteine. Ich fertigte Personalausweise für Großherrscher an, bestätigte die Identität von Kaisern und Monarchen, gab ihnen Würdenträger an die Seite, Kanzler, von denen sich jeder auf Wunsch legitimieren konnte, zeichnete im Schweiße meines Angesichts Wappen, stellte außerordentliche Passierscheine aus, versah sie mit rechtsgültigen Klauseln, und da ich viel Zeit hatte, zeigte mir der Ausweis den Abgrund, der in ihm steckt. Ich brachte nun auch alte Briefmarken mit zur Schule, modifizierte sie zu Stempeln, versah sie mit Siegeln, die sich zu einer immer höheren Hierarchie ordneten, angefangen von kleinen dreieckigen über quadratische bis zu den geheimsten, von vollkommenem Rund, die in der Mitte ein symbolisches Zeichen trugen, dessen Vorzeigen jeden auf die Knie zwang.

Ich fand Gefallen an dieser mühevollen Arbeit und erteilte bereits Genehmigungen für den Empfang von Brillanten, die so groß wie ein Menschenkopf waren. Ich brachte es darin tatsächlich sehr weit, denn ich versah die Legitimationen mit Anlagen und die Anlagen mit Anhängen, wobei ich in Sphären immer machtvollerer Gewalt vorstieß, bis dorthin, wo nur noch geheime, chiffrierte Personalausweise gültig waren, versehen mit einem System von Kennworten und Symbolen, die einen genauen Kode erforderten; so hatten denn gewisse Dokumente eigene Pässe, die ihre wirkliche Bedeutung von ungeheurer Tragweite entschlüsselten, während sie ohne die Pässe nur eine Reihe numerierter, von einer völlig unverständlichen Kalligraphie bedeckter Seiten darstellten. Ich hatte irgendwann einmal eine Erzählung gelesen, die mich ungewöhnlich beeindruckte. Es war die Geschichte einer Expedition zum „weißen Fleck" im Herzen Afrikas. Die Mitglieder der Expedition stießen, nachdem sie Berge und Dschungel überquert hatten, auf einen unbekannten Stamm Wilder, die ein schreckliches Wort kannten, das nun *in extremis* ausgesprochen wurde, weil jeder, der es hörte, sich in einen Geleekegel von ungefähr einem Meter Höhe verwandelte. Diese Kegel wurden in dem Buch genau geschildert, ebenso die einfache Methode, der die Wilden es verdankten, daß sie nicht selbst in sie verwandelt wurden – sie war in der Tat sehr einfach, sie stopften sich nämlich ordentlich die Ohren zu, während sie die umgestaltende Parole hinausschrien. Ich merkte mir das entsetzliche Wort und wagte nicht gleich, es laut auszusprechen, belehrt durch das Schicksal eines Wissenschaftlers, eines Ungläubigen, der über den Bericht des letzten lebendigen Teilnehmers der Expedition leichtsinnig spottete und das Wort ausrief – was die tragische Geleewirkung zur Folge hatte. Dieses Wort, das imstande war, einen Menschen in eingedickten Saft zu transformieren, lautete EMELEN.

Ich beeile mich zu erklären, daß ich zu jener Zeit nicht mehr an Märchen glaubte, obwohl ich sie gern las. Die Geschichte mit dem „Emelen" betrachtete ich jedoch nicht als Märchen. Wenn ich die Sache vom heutigen Standpunkt betrachte, so nehme ich an, daß das wohl eine phantastische Humoreske war – wenn es stimmt, dann hatte ich die Absichten des Autors nicht genau erfaßt. Ich glaubte sicherlich nicht, daß jene Geschichte wahr sei, dennoch blieb in mir das ziemlich verschwommene, düstere Vorgefühl zurück, daß es Worte gäbe, die auf irgendeine Weise – wenn auch nicht gleich in diesem Maße – fatale Wirkungen erzeugten. Sofort machte ich mir die Sache mundgerecht: Wenn bestimmte Laute einen Menschen in eine hypnotische Trance versetzen können, warum sollten dann nicht ganz besondere Lautverbindungen eine noch größere Macht besitzen, nicht durch Magie, sondern eben dadurch, daß mehrere Luftwellen auf das Ohr einwirken ... und so weiter.

„Emelen" verlangte ausdrücklich, in die Sphäre des Ausweisdaseins, in der ich bereits ein erfahrener Spezialist war, umgesetzt zu werden. Es erwies sich nämlich als ein Anreiz zur zeichenschöpferischen Tätigkeit. Da ich nicht schlecht lernte, kontrollierte niemand meine Schulmappe, meine Bücher und Hefte, und das war gut so, denn er hätte daraus eine Unmenge winziger Büchlein herausgeschüttelt, voll gedruckter, aber auch leerer Paßformulare sowie jener experimentellen Exemplare, in denen ich, leider erfolglos, die Aussagekraft der Dokumente durch Einprägen von Wasserzeichen zu erhöhen versuchte. Dieses Begehren nach realistischem Detail ließ sich, trotz unzähliger Versuche, nicht verwirklichen.

Ich muß vermerken, daß ein solches Wort in meinem Schaffen überhaupt nicht auftrat, obschon ich ein ganzes Königreich von Ausweisvollmachten errichtete. Einer richtigen Eingebung der bürokratischen Transzendenz folgend, hatte ich nämlich kein Vertrauen in unendliche Begriffe und bediente mich in der Regel des Zentimeter-Gramm-Sekunde-Systems, das heißt, ich gab genau an, was der Inhaber in den biederen Einheiten der Maße und Gewichte vermag. Und handelte es sich um Paßformulare, so mußte jedes eine fortlaufende Nummer, dann die übergeordnete Nummer der Serie, zu der es gehörte, sowie beglaubigende Unterschriften und Siegel haben, die ihm erst die volle Rechtskraft verliehen. Die letzteren brachte ich ganz zum Schluß an, um sie nicht auf Papieren zu vergeuden, die selbst durch geringfügige Fehler oder Ungenauigkeiten der Ausstellung befleckt waren. Die Formulare hatten natürlich auch eine Randlochung, damit man jedes wirklich aus dem Paß herausreißen konnte, um es vorzuweisen. Ich nahm, nach mehreren Versuchen, diese Perforierung mittels eines kleinen Zahnrädchens aus einem Wecker vor, das ich ständig im Federkasten in die Schule mitführte. In dem Federkasten lag auch eine gute Rasierklinge meines Vaters, die ich zum genauen Beschneiden der Seiten verwandte, wobei ich wiederholt während dieser Buchbinderarbeit in das Tischblatt meines Pultes schnitt, was mir jedoch keinerlei Strafe einbrachte.

Es mag vielleicht seltsam erscheinen, daß ich keinem meiner Mitschüler jene Vollmachten zeigte, die zum Besitz und zur Verfügung über ganze Kisten von Rubinen oder über das Schicksal überseeischer Kaiserreiche berechtigten. Aber für meine Kameraden wären das kleine Scherze gewesen, während ich die Sache merkwürdig ernst nahm. Ich ahnte, daß sie mich womöglich auslachen würden, und das durfte ich nicht zulassen. Ich spürte sehr wohl – ohne etwas davon zu wissen – jene mit Angst vermischte Scham des Künstlers gegenüber dem Menschen, der in Anbetracht eines

Kunstwerkes normale, also sachliche Erläuterungen verlangt: Was ist das eigentlich, und wozu soll es dienen? Die Antwort, das Ganze sei nur ein Spaß, wäre, wenigstens teilweise, eine Lüge gewesen, denn es ging um etwas mehr. Worum? Das weiß ich auch jetzt nicht, aber ich hatte wohl recht. Man beklagt heutzutage das allgemeine Absinken des Niveaus in der Kunst, die vom Aussatz der Ideenlosigkeit betroffen und durch unbekannte Urteilssprüche zur Seichtheit vergänglicher Experimente und einer ephemeren Mode verurteilt sei. Wir spüren das vor allem angesichts der in ihrer Macht verharrenden Werke der Vergangenheit, angesichts der Dome von Florenz und Siena, der Mysterien des alten chinesischen Dramas, der geräucherten Negergötzen; wir verlassen die Ausstellungen der Steinzeitkunst oder die Sixtinische Kapelle, bedrückt von der rastlosen Frage, was eigentlich mit dem Geist geschehen sei, daß er seine Befähigung zu solch eruptiven und zugleich zwingenden Konzentrationen eingebüßt habe, die in sich die Macht einer gewissermaßen natürlichen Notwendigkeit vereinigen und die gleiche Aufnahme wie Bäume, Wolken, Tier- und Menschenkörper verlangen – also Unwiderruflichkeit und Endgültigkeit. Man entgegnet uns, daß der Künstler aufgehört habe, Wegweser, Schaffner jener Donnergewalten zu sein, die von außen kommen und die er in sich sammelte, aber nicht gebar. Daß die Freiheit der uneingeschränkten Wahl die Kunst töte, daß derjenige, der wisse, daß man ein Buch auf beliebige Weise über jedes Thema schreiben könne, kein einziges großes schreiben wird. Wer begriffen hat, daß man malen kann, was und wie man will, wird in dieser so entdeckten Freiheit das Grab seiner schöpferischen Potenzen finden.

Man sehe sich bitte die Fotos der Kosmonauten an, die ihr Schiff im unendlichen Raum verlassen. Wie wenig eignet sich der menschliche Körper für die Unendlichkeit, wie hilflos wirkt er darin, mit jeder Bewegung verrät er seine Sinnlosigkeit, da er der rettenden Beschränkungen und des rechtfertigenden Widerstandes der Erde, der Wände und Decken beraubt ist. Nicht zufällig nehmen sie die Haltung der Frucht im Mutterleib an, krümmen sie den Rücken, Knie und Arme angezogen, nicht zufällig ähnelt die Rettungsleine einer mit der Plazenta verbundenen Nabelschnur. Elastisch, lenkbar, lebhaft zum Ziel strebend, können wir nur in der Sklaverei der Gravitation sein, in ihrem Machtbereich gewinnt unser Körper seinen Sinn und seinen Ausdruck, wird er durch jedes Gelenk und durch jeden Nerv erklärlich, vollkommen nützlich und dadurch schön. Jedes große Kunstwerk weckt in uns den gleichen Eindruck einer gewissermaßen natürlichen Notwendigkeit, das Gefühl, daß wir mit der einzig möglichen Lösung eines Problems konfrontiert sind. Michelangelos Herrgott mit seinem mächtigen krausen Bart, in dem faltenreichen Gewand, mit den bloßen Füßen, auf denen sich die Adern abzeichnen, ist nicht aus der freien Spekulation des Künstlers hervorgegangen. Der Maler mußte sich der rücksichtslosen Literatur der Gebote fügen, die ihren Anfang in den Büchern der Offenbarung nehmen. An Michelangelos Stelle würde ein zeitgenössischer Künstler, dessen Seele vom Skeptizismus, dieser Ausdünstung des Wissens, erschlafft ist, jeden Augenblick auf ein Paradox, ein Dilemma, eine Sinnlosigkeit stoßen, dort, wo der Meister der Renaissance überhaupt keine Zweifel hatte. Die Zehennägel an Gottes Füßen sind kurz. Wenn Gott mit seinem Körper dem Menschen gleicht, müßten die Nägel wachsen. Wenn er seit Ewigkeiten währt, wären sie zu Hornschlangen ausgewachsen, die aus den bloßen Zehen zu allen Galaxien gleichzeitig sprießen, würden sie den Himmel ausfüllen mit Bächen von ineinander verquicktem, sich windendem Horn. Ist das möglich, soll man so malen? Und gesteht man sich ein, daß dies nicht der Weg ist, so taucht das Problem der göttlichen Pediküre auf. Die Zehennägel sind deshalb kurz, weil sie beschnitten werden oder weil ein Wunder gewirkt hat – wer imstande ist, Sonnen aufzuhalten, kann auch das Wachstum der Nägel aufhalten. Beide Auswege sind unzulässig, der erste riecht nach Friseursalon, der zweite mutet an wie der geschmacklose Einfall eines Atheisten und beide – wie eine Gotteslästerung. Die Nägel haben kurz zu sein ohne jede Nachforschung und Analyse.

Hier stoßen wir auf die erlösende Beschränkung, die das

Entstehen großer Kunst ermöglicht, in der eine Antwort auf eine potentiell endlose Fragerei durch den Glaubensakt ersetzt wird. Natürlich muß der Rigorismus, den die Liturgie aufzwingt, verinnerlicht werden, muß er ein gutwillig angezogenes, flammendes Bußhemd der Seele sein, die Grenze, die mit heißem Herzen bekundet und nicht durch Polizei bewacht wird. Es gibt ja mystische und polizeiliche Beschränkungen, aber wenn die letzteren keine berühmten Werke hervorbringen können, dann nur, weil ein Polizist andere kontrolliert und kein beseelter Funktionär der eigenen Kunst ist, der sich in die Gebete der Dienstanweisungen vertieft. Folglich muß das Verbot von hoch oben kommen, die Grenze muß offenbart sein und von einem glühenden Herzen hingenommen werden, das nicht nach Gründen und nach Vollmachten fragt; sie darf nicht in Frage gestellt werden, ebensowenig wie man Blätter, Sterne oder den Sand unter den Füßen anzweifelt. Der Glaube muß in einer völlig unelastischen, absoluten Realität Gestalt annehmen, und erst in einer solchen Fesselung vermag der Geist demutsvoll, jedoch bemüht, in ständigem Gehorsam sich und die Welt darzustellen (und ihm ist dabei nur sehr wenig erfinderischer Spielraum belassen), ein großes Werk im engsten Streifen der Freiheit zu schaffen. Das gilt für alle Formen der Kunst, denen tödlicher Ernst patronisiert und die die Distanz, die Ironie, den Spott illusorisch machen – denn kann man sich über den Kies, über die Flügel eines Vogels, über den Mond- und den Sonnenuntergang lustig machen? So ist zum Beispiel der Tanz nur eine bemäntelte Freiheit – der Tänzer täuscht sie vor, in Wirklichkeit ist er der Tyrannei der Partitur auf vollkommene Weise untergeordnet, die jede seiner im vorhinein komponierten Bewegungen reguliert, während der individuelle Ausdruck in den engsten Fugen des Interpretationsspielraums entsteht.

Gewiß, man kann solche erhabenen Beschränkungen auch außerhalb der Religion finden, aber dann muß man ihnen einen geradezu sakralen Rang verleihen, muß daran glauben, daß sie notwendig und nicht ersonnen sind. Das Wissen, daß man auch ganz anders könne, das Verwerfen der unumstößlichen Notwendigkeit zugunsten eines Ozeans bewußt gewordener Techniken, Stile, Kunstgriffe, Methoden lähmt das Denken und die Hände durch die Freiheit der Wahl. Der Künstler windet sich ohnmächtig, ähnlich wie ein Kosmonaut, im schwerelosen Raum – ohne den erlösenden Widerstand der Nachbarschaft, ohne die rettenden Grenzen.

In jener frühen, bürokratischen Phase meines Schaffens war ich ganz nahe an diese sakralen Quellen gelangt, aus denen die Kunst sprudelt! Als Ausgangspunkt, mehr noch, als unerschütterliche Grundlage hatte ich den Ausweis genommen, so wie Michelangelo die Throne, die Paradiese und die Seraphim hinnahm. Wer aber meinte, daß ich mich damals hemmungslos Phantastereien hingegeben habe, der irrt sich gewaltig. Ich war ein eifriger Sklave der Amtsstubenliturgie, ein untergeordneter Beamter der Genesis, aus einem pausbäckigen Pennäler wurde ich ein Abschreiber des zu einem Verhaltenskodex modernisierten Dekalogs, ein Bürokrat, der in administrativer Inspiration die „dienstliche Gnade" reglementierte. Heute, in der düsteren Phase bewußten Schaffens, hätte ich die Sache und das Thema sicherlich ad absurdum geführt, indem ich mir Genehmigungen für die Bewegungsfreiheit von Milchstraßen ausdenken und Reifezeugnisse für geologische Epochen ausstellen würde. Aber damals, als ich, ebenso wie Michelangelo bei den Zehennägeln, nicht danach fragte, woher die Organe das Recht nähmen, Neugeborenen Identitätspapiere zu gewähren, setzte ich unwillkürlich in dem Zustand der Unschuld, in dem mir das überhaupt nicht in den Sinn kam, den Ausweis mit dem Absoluten gleich und betrat die Schwelle der Kunst. Indem ich auf die Buchstaben und auf die Stempel achtgab und über die Ordnung der Numerierung auf den Vollmachten, über die Genauigkeit der Signaturen wachte, die die Gültigkeit verliehen, befand ich mich in der prästabilierten Harmonie mit der Paßorthodoxie, der jegliche Zweifel und Unschlüssigkeiten, als außerendliche Begriffe, vollkommen fremd sein müssen.

Meine ersten Schritte waren klein, unsicher, aber sie führten in die geeignete Richtung. Niemals übertrat ich meine Befugnisse, obwohl oder vielleicht gerade weil ich nicht wußte, wer – das heißt wessen Hand – ich war. Zunächst also füllte ich bereits die fertigen Legitimationen – die Personalausweise von Königen und Kanzlern – nicht namentlich aus. Das gehörte nicht zu meinen Obliegenheiten, ich ließ den Platz für Fotos, Namen und Unterschriften der künftigen Inhaber frei. Jene Dokumente hingegen, die auf den Inhaber ausgestellt waren, bewahrte ich in einem besonderen, mit zwei Knöpfen zu verschließenden Fach des Tornisters auf, damit sie nicht in unbefugte Hände gerieten. In Schatzangelegenheiten war ich außergewöhnlich umsichtig, um schon im Keime die Möglichkeit eines Mißbrauchs oder Unterschleifs zu unterbinden. So machte ich denn genaue Angaben über die Summe, die Menge, die Zahlkraft der monetären Mittel, ging von zunächst unbestimmtem, unpräzisiertem Gold zu Barren, Platten, Stäben über (die Anweisungen enthielten eine Beschreibung des Goldstabes, den ich in Übereinstimmung mit dem Physiklehrbuch standardisierte – als Muster diente mir jener Platin-Iridium-Stab, der in Sèvres bei Paris aufbewahrt wird und das Urmaß des Meters bildet) – ich definierte sogar die Abmessungen der Nuggets, dieser Goldklümpchen aus Karl May und Jack London, zahlbar in Ledersäcken, die mit Lassostücken zugebunden wurden. Und nachdem ich aus Professor Wyrobeks Werk „Die Wunder der Natur" die erforderlichen Kenntnisse erworben hatte, gestattete ich die Auslieferung von Rubinen, Spinellen, Chalzedonen, Chrysoprasen, Tetraedriten und Opalen, wobei ich auf den Kontrollabschnitten den Glanz, die Form des Schliffs und die Stückzahl festlegte; ich stellte auch Pässe mit besonderen Gratifikationen aus und mußte dabei schwierige Probleme lösen. So zum Beispiel, ob es schicklich sei, auf dem Amtswege etwa Platingedecke zu verschenken. Ein glücklicher Dienstinstinkt suggerierte mir, daß sich das nicht gezieme, daß überhaupt Wörter wie „Gabe" oder „verschenken" in der Pragmatik nicht vorkommen dürfen – anders hingegen solche wie „herausgeben", „zuweisen", „auszahlen". Eine goldene Kette kann man zur Not am Hals tragen, während von einem Gedeck, selbst wenn es aus Platin ist, jemand essen kann, was im Bereich exakten Kanzleidenkens geradezu unanständig ist. O nein, es war nicht Habgier, was mich dazu bewog, einen ganzen Regen von Perlen (aber bis auf den letzten Tropfen durchgerechnet), eine freigebige Sturzflut von Smaragden auszuschütten, denn die Zahlungsmittel bildeten einfach ein unvermeidliches Element des von mir geschaffenen Seins. Ich druckte ja auch besondere Passierscheine, die sich ebenfalls zu einer steilen Hierarchie auftürmten – für das Außentor, für das Mitteltor, ferner für die erste Tür, für die zweite, für die dritte, obendrein versehen mit besonderen Kupons, die von den Wachen abgerissen werden mußten. Die darauffolgenden, immer tiefer ins Innere führenden Durchgänge, die streng bewachten Passagen, die zunächst in der niederen Beamtensprache unverblümt genannt wurden, später aber nur unter chiffrierten Andeutungen bekannt waren, implizierten nach und nach, aber zwangsläufig ein aus dem Nichts emportauchendes Gebilde, den Bau aller Bauten, ein Schloß, so hoch, daß man es nicht mit dem Auge erfassen konnte, mit seinem nie, nicht einmal in einem Anfall größter Kühnheit genannten Geheimnis des Inneren – vor dem man sich zu legitimieren hatte, nachdem alle Wege, Schwellen und Wachen passiert waren!

Das sagt sich jetzt so leicht, aber ich bewegte mich mit meinen Minuskeln und Majuskeln, die ich mit einer wahren Ameisengeduld malte, auf einem Umkreis, der weit von jenem Zentrum entfernt war, als ein gewissenhafter, demütiger Schreiber, ein beinahe mittelalterlicher Kalligraph, dessen Inkunabel, man weiß nicht wie und wann, die Grenze überschreitet, die eine Schwarte von einem wertvollen Buch, das Produkt eines Skribenten vom Werk eines Schriftstellers, den Kopisten vom Künstler trennt.

Während ich Geläufigkeit in der Form gewann und sogar rote Tusche verwandte, um die Dienstskala zu erweitern, blieb ich vernünftigerweise, offenbar dem Instinkt folgend, vorsichtig im Inhalt. Ich vermied es nicht nur beim Verleihen von Königreichen, leichtsinnig zu schalten und zu walten, sondern gestattete auch in keinem dieser Reiche, daß jemand übermäßig viel Macht erhielt. Was hätte denn einfacher als ein universeller Geleitbrief sein können, der unterschiedslos alle, aber auch wirklich alle Türen der Schloßmauern und Schatzkeller öffnen würde? Es mag mir also zum Ruhme gereichen, daß ich ein solches Dokument nie ausgestellt habe. Freilich – in gewissem Sinne war das wohl eine Folge meiner egoistischen Sorge um eigene Erfahrungen, obwohl ich diese verheimlichte. Ich erinnere mich an ein Paßformular, das eigens für einen ausgesandten Kontrolleur mit außerordentlichen Vollmachten gedruckt war. Jedes der mit einem anderen Buntstift gefärbten Abreißformulare erweiterte den Kreis seiner Befugnisse. Ich konnte mir auch leicht vorstellen, wie die Schließer mit leichtem Zögern die Riegel vor ihm zurückschieben würden, wenn er das erste Formular vorwies, ein gewöhnlicheres, gewiß für niedere Beamte, mit nur zwei dreieckigen Stempeln; wie er dann – ein wenig abgekehrt – ein zweites, grünes, herausriß und die Offiziere bei seinem Anblick bereits Haltung annahmen, wie er im Wachraum eines höheren Stockwerks ein drittes und viertes auf den Tisch warf, strahlend weiß, mit einem blutroten runden Hauptstempel – während jene die zitternden Knie strafften, damit er durch ihr salutierendes Spalier gehen konnte, zur Hohen Tür, die der Generalbeschließer, vor einer Weile noch die Verkörperung der Unnahbarkeit selbst, in einer goldbetreßten Uniform, nunmehr ganz im Schweiße seiner eifrigen Dienstfertigkeit, mit beiden Händen achtunggebietend aufriß, bis der Laut des zurückschnappenden Schlosses mit dem diamantenen Geklimper seiner Orden in eins zusammenfloß und der majestätische Greis mit dem Blitzen des gezückten Säbels nicht der Person, die die Schwelle überschritt, die Ehre erwies, sondern dem unscheinbaren Rücken der Paßformulare, die der Emissär lässig in der Hand hielt! War das nicht eine wonnig prickelnde Vorstellung, diese herrliche Selbstüberbietung der Passierscheine, diese stetige Steigerung der Gewalt in dem genießerischen Dosieren von absolut legalen Vollmachten? Keine Schlachtenmalerei aus dem Repertoire Sienkiewiczs, kein Kanonendonner konnte sich mit dem leisen Rascheln der auf einen grauen Tisch inmitten grauer Schloßmauern fallenden Kupons der Macht vergleichen! Welche Magie barg doch der Hauptstempel, den selbst ich nicht zu begreifen oder zu erraten imstande war, denn seine Mitte füllte ein in sich geheimes Zeichen aus, das heißt ein Kode ohne Schlüssel, der davon zeugte, daß der Inhaber ein Gesandter des Unnennbaren ist!

War er ein Aufsichtsbeamter des Schöpfers, der Exekutor des Herrgotts selbst? Davon weiß ich nichts. Er kam von irgendwoher und sollte sich – nachdem seine Aufgabe erfüllt war – wieder in ein Nichts verwandeln.

Hatte ich mir wirklich alles so kunstvoll und exakt vorgestellt? Ja und nein – denn da ich grundsätzlich nur Legitimationen ausfüllte, unterwarf ich mich zugleich ihrer Führung; es bildeten sich zwischen mir und ihnen besondere Bindungen und Spannungen, die bereits die weitere Richtung des Handelns aus sich heraus bestimmten – ich hatte sie nur zu erraten. Um es genau zu nehmen – ich dachte mir keine Geschichten aus, ich konstruierte keine Fabeln, es sei denn in Form nebulöser Umrisse, sondern sie entstanden von selbst und bevölkerten den leeren Raum zwischen den einzelnen Dokumenten. Die Papiere waren ja die Knotenpunkte eines verzwickten Dienstdramas, der Ursprung von Kräften, die – wie die Sonne die Planeten – Throne, Wachen und Mannschaften bewegten. Dadurch aber mußte ich, obwohl ich es gar nicht wollte, mit meinen Ausweisen stets an jedem Ort und in jedem Augenblick gegenwärtig sein, wo sonst – in kritischen Situationen – die Sache, der Staat, die Welt ohne das Vorweisen der entsprechenden Papiere zusammenschrumpfen, verwelken, dahinsiechen müßten. Die Legitimationen waren somit keine Zäsuren einer nicht ein einziges Mal namentlich genannten Handlung, sondern ihre Schöpfer. Man beachte bitte, welch modernen Charakter meine Entdeckung aus der Gymnasialzeit hatte. Zunächst steigerte ich, obwohl mir die Regeln der schöpferischen Kunst unbekannt waren, den Ausdruck und den Eindruck, indem ich nichts, das heißt keine Person, keine Szene, unmittelbar beschrieb – alles, was ich in dem sich selbst komplizierenden Drama der amtlichen Existenz errichtete, war sekundäre Ableitung, Implikation, mutmaßliche Verlängerung; aus den einzelnen Ausweisen konnte und mußte man über die außerhalb ihrer gegenwärtigen Existenzen ebenso schlußfolgern, wie man aus einem gabelförmigen Schatten auf einen Baum, die Sonne, die Gesetze der Optik, des Himmels und der Erde schließt. Mehr noch, ich konzentrierte – ähnlich wie der Antiroman aus der zweiten Hälfte des 20. Jahrhunderts – als sein nichtsahnender Vorläufer meine gesamte Aufmerksamkeit auf die Gegenstände und ging in meinem asketischen Universalismus noch weiter als der Antiroman, den ich nicht einmal schrieb, weil ich – in äußerster Selbstbeschränkung – lediglich Formulare *in blanco* ausstellte! Und während ich das tat, verzichtete ich nicht nur auf die altmodischen Beschreibungen des naturkundlichen oder städtischen Hintergrundes, auf die Psychologie der Gestalten, auf die traditionellen Motive und Peripetien, die überflüssigen Verwicklungen der Fabelführung, sondern auch auf die gesamte nunmehr anachronistische Verbalistik der Literatur, angefangen bei den Sätzen bis hin zu den Attributen und Adverbien; ich benutzte weder alte noch neue Schemata, zitierte weder treffende Gedanken noch neckische Aussprüche, ich traf nur mit dem Stempel, mit der Reißfeder, mit dem Zahnrädchen jedesmal ins Schwarze – denn ich bewies durch eine so allseitige Resignation, durch die ebenso totalen Auslassungen, daß man die ganze Welt durch Schweigen auszudrücken vermag!

Mein behördlicher Höhenflug führte dazu, daß sich jene Papiere nicht mehr entlang einer einzigen zeitlichen Achse einreihen ließen, weil gewisse Existenzformen (zum Beispiel dynastische) durch zahlreiche entweder parallele oder ungleich verlaufende Versionen repräsentiert waren und andere sich zu mehrdimensionalen Archipeln ordneten. Während des Mathematik- und Lateinunterrichts, bei dem ich der Disziplin wegen nicht tätig werden konnte, überflog ich in Gedanken, indes ich dem Vortrag des Lehrers scheinbar Gehör schenkte, die Reihen der an diesem Tage ausgestellten Ausweise und delektierte mich in aller Gemächlichkeit an den kaleidoskopartigen Totalitäten, die sie bildeten – in Wechselfolgen gestaffelt, entlang derer die Phantasie eine unendliche Zahl von Varianten des konkreten Ablaufs der Ereignisse formen konnte.

Aber verstrickte ich mich nicht in diesem Labyrinth meiner Amtshandlungen? Ich führte ja keine Evidenzkarteien, denn ich handelte unter der momentanen Einflüsterung des Formgenius, kannte also nicht die Wege in dem Irrgarten der Papiere, und die Hauptfrage ist, ob ich mit dem gehörigen Elan irrte. Einmalige Irrtümer wären einfach nur Amtsstubenirrtümer gewesen, ein kleiner Fehler ist trivial, nur ein Klecks auf dem Foto des Seins, ein lokaler Fleck auf seinem getreuen und somit gänzlich sekundären Abbild. Erst ein ganzes, gehörig kompliziertes Gebäude von Irrtümern kann für den Geist zur Wohnung, zum Sitz autonomer Bedeutungen werden, ein Bau, der von seinen Urbildern immer unabhängiger ist, eine vom naturalistischen Diktat befreite Version der Erscheinungen – mit einem Wort, eine neue Redaktion der Existenz, die zur gegebenen oppositionell eingestellt ist. Die Kulmination des Irrtums ist selbstverständlich das philosophische System, das heißt der Vorschlag von Werten, für die es sich lohnt, zu leben und zu sterben. Dies ist der Weg aufwärts, auf dem das Mißverständnis eine Offenbarung, die pathetische Lüge ein Epos, die der Logik zugefügte Gewalt Poesie und das hartnäckige Festhalten am Irrtum höchste Treue wird, zu der ein Mensch fähig ist.

Ich hoffe, daß ich diese Bedingungen mit meiner gymnasialen Papyromachie erfüllt habe. Ich habe Papiere ausgestellt, die so dumm redigiert waren, daß sich ihre Dummheit zur Perversität auswuchs (zum Beispiel dann, wenn ich bei Palastrevolutionen den Verschwörern Ausweise und Vollmachten für den Königsmord zuwies), die so sehr der Logik hohnsprachen, daß sie jeden gewöhnlichen Sinn einbüßten und dafür einen lyrischen annahmen. Indem ich die dynastischen Numerierungen durcheinanderbrachte, die Folter- und die Schatzkammern, die Stäbe und die Dienstvorschriften miteinander vermengte, befreite ich die Angelegenheit aus den physischen Fesseln des Raums und der Zeit und schuf dadurch, daß ich mit den einen Dokumenten den anderen widersprach, daß ich die Paragraphen mit den Köpfen zusammenschlug, daß ich Krönungen, Geburten, Hinrichtungen rückgängig machte, mit einem Wort – daß ich aus purem Eifer das Verbrechen Crimen Laese Legitimationis beging, Chancen einer bereits eschatologischen Auslegung dienstlicher Dramen.

Gewiß, jene Widersprüche waren ja nur die Spuren der stempelnden Hand, die in automatischer Trance, in rauschhafter Trunkenheit handelte, jedoch ein intelligentes Wohlwollen des mutmaßlichen Empfängers hätte nicht nur dieses ganze Durcheinander in Ordnung bringen, sondern ihm auch den neuen, nunmehr diabolischen Sinn verleihen können, daß das keine zufälligen Schnitzer seien, sondern Seismogramme geheimer Kämpfe, die suggerierten, daß sogar innerhalb der Büros selbst keine totale Einmütigkeit und Einigkeit herrsche, sondern daß auch dort grausame Antagonismen und verräterische Leidenschaften heimlich miteinander ringen, daß die einen Büros insgeheim die Rechte anderer aushöhlen, daß auch die höchsten nicht eigenmächtig über den Hauptstempel und die ihm beigeordneten Bereiche der weniger wichtigen unangefochten walten, sondern in arger Verquickung und verbissener Verwirrung um ihn, um sie herum kreisen, und diese stummen Umdrehungen der Behördenkämpfe gleichen sich – durch ihre Ausweglosigkeit und Unwiderruflichkeit – dem ewigen Kreisen der Welten an. Und da ich nicht nur irrte, sondern mich auch ständig in meinen Dokumenten wiederholte, assistierten dem schöpferischen Akt zwei höchst moderne Geister – die Unklarheit im Einvernehmen mit der Langeweile.

Warum jedoch – wird mancher fragen – wage ich es, ein solches Wohlwollen der Empfänger für das Gekritzel eines fettleibigen Gymnasialschülers zu verlangen, da auch ein Scherz das Maß nicht überschreiten darf? Darauf antworte ich: Wir verschweigen zu schamhaft die absolute Unerläßlichkeit des menschlichen Wohlwollens, wenn wir von der Kunst reden, denn wir erziehen sowohl in der Überzeugung, wie wir auch darin erzogen werden, daß sich die Kunstwerke nur unwesentlich vor einer im Dämmer liegenden Harke unterscheiden. Wer auf sie tritt, bekommt einen Schlag an den Kopf, daß ihm Hören und Sehen vergeht, und nicht anders soll es sich mit einem hervorragenden Werk verhalten:

Wer sich an dieses heranwagt, den erfaßt plötzliche, unverhoffte Begeisterung. Diese edle Lüge ist allgemein verbreitet: Als ich ein paar Jahre nach den hier geschilderten Angelegenheiten von der Gestapo aus der „ausgeflogenen" Wohnung fliehen mußte und unter den persönlichen Gegenständen ein Heft mit in Schönschrift eingetragenen Gedichten zurückließ, mischte sich in das Bedauern über den Verlust, den die nationale Kultur dadurch erlitten habe, die feste Überzeugung von jenem ästhetischen Schlag, den diejenigen meiner Verfolger empfangen haben mußten, die des Polnischen mächtig waren. Etwas später war ich schon klüger und errötete bereits bei diesem Gedanken, aber nur, weil ich die schreckliche Graphomanie meiner Sonette und Achtzeiler ergründet hatte – ich schämte mich also ihrer schändlichen Qualität bis zum Erröten und begriff weiterhin nicht, daß die Qualität der Poesie in dieser Lage gar keine Bedeutung hatte. Unsere Welt sähe anders aus, wenn man darin durch geniale Dichtung auf die Seelen der Gestapoleute einwirken könnte. Mit Hilfe der Kunst kann man niemanden vergewaltigen – wir begeistern uns an ihr, wenn wir begeistert sein wollen. Gombrowicz hat uns bereits die Augen für das geöffnet, was das Element des gegenseitigen Dopings, des Fallens auf fremde Knie und das Überbietens in beglaubigten Verzückungen, also die kollektive Schwindelei und Verlogenheit ausmacht, aber es gibt da noch etwas mehr, von der besseren Sorte, nämlich das Lesetalent. Jedes Kind vermag das „Aschenbrödel" als tugendsames Märchen zu begreifen, aber wie soll man ohne Raffinement und ohne Freud darin ein Ballett der Perversion erkennen, das von einem Sadisten für Masochisten geschaffen wurde? Die Frage danach, ob die Unzüchtigkeit im Märchen getarnt auftrete, zeugt heute nur noch von der Naivität des Fragenden. Er wird dann untrüglich behaupten, daß Robbe-Grillets Detektiv aus „Les Gommes" ein Pfuscher in seinem Beruf sei, weil dies die buchstäbliche Aussage des Werkes ist, und das widerspruchsvolle Verhalten Hamlets resultiert für ihn daraus, daß Shakespeare zu viele divergierende Elemente aus den vorhergehenden Versionen dieses Dramas übernommen habe.

Der Theoretiker der Moderne wird als Antwort darauf mit dem Finger zum Himmel zeigen, an dem – wenn man die Dinge buchstäblich nimmt – die Sterne wie Kraut und Rüben verteilt sind, während doch gut bekannt ist, daß sie sich in die zodiakalen Gestalten von Göttern, Tieren und Menschen ordnen. Wir können ja überhaupt ein Werk allein schon dadurch, wie wir es auf der Bühne unseres Geistes beim Lesen vor den Hintergrund stellen, den wir ihm beizugeben geruhen, entweder adeln oder zur Seichtheit verurteilen. Das ist kein passiver Hintergrund, sondern ein Bezugssystem, in dem sich ein unnatürlich angebrochener Stock als die japanische Stilisierung eines Zweiges und ein schartiger Stein als eine Skulptur erweisen kann, die den Geist unserer zerbrechenden Zeiten verkörpert. So kann man an ein und derselben Stelle „falsch!", „unhaltbar!" rufen – oder eben, umgekehrt: „Geniale Dissonanz!", „Ein durch absichtliche Risse in der Schale der logischen Zusammenhänge aufgezeigter Abgrund!". Gewiß, nicht jeder erlaubt sich, einem Werk willkürlich einen neuen Hintergrund zuzuordnen, damit befassen sich gewöhnlich Experten, die häufig auch von sich aus weder das Was noch das Wie kennen, woher denn auch all die Streitigkeiten, Zankereien und Beratungen und auch die wachsenden Schwierigkeiten herrühren, denn die Künstler reden immer undeutlicher, so daß man sie kaum noch begreifen kann, und sie tun dies, damit die Früchte ihrer Bemühungen semantische Kaleidoskope werden. Gewiß – die Gremien und Gerusien sind dem schöpferischen Beginnen von Gymnasiasten noch nicht sehr wohlgesinnt, aber da wir bereits den Mechanismus der Erscheinungen kennen, sei es uns wenigstens gestattet, mit dem gleichen Recht wie andere um wohlwollende Kunst zu werben, und das nicht nur im eigenen Interesse, denn wir vermuten, daß in den verstaubten Bibliotheken noch viele unentdeckte Canettis und Musils, noch viele Werke existieren, die nie zur vollen Pracht erwachen werden, wenn wir ihnen nicht in der dargestellten Weise beistehen.

Mit meinen zwölf Jahren hatte ich jedoch nicht die geringste Ahnung davon. Skrupulös mit Einengen sogar monarchischer Befugnisse, verschwand ich, der ich bei dieser emsigen Arbeit selbst namenlos war, in dem geschaffenen Werk – ich blieb maßvoll, ließ es nicht zu einer Inflation der Papiere kommen und vermochte dank dieser so rücksichtslos praktizierten Bescheidenheit das Sakrale mit dem Realistischen zu vereinen. Sakral war es insofern, als ich instinktiv voraussetzte, daß am Anfang die Legitimation war; und realistisch, weil mir der *Genius temporis* selbst dieses Handeln einflüsterte. Wenn mir daher irgendwo sogar ein allgewaltiger Gesamtpersonalausweis vorschwebte, das Allererlauchteste Papier, beschwert von den Siegeln roter Wachssonnen, in Girlanden vielfarbiger Schnüre, gezeugt *summis auspiciis* eines Chaos, in dem die Paragraphen und die Kartotheken noch in einem Zustand kreisten, der frei von der Dienstleiter war (die in einem anderen Zusammenhang die Leiter zum Himmel geworden ist), so wies ich doch diese Versuchung, diese lästerlichen Schwärmereien, das gierige Gelüst, bis in den Kern vorzudringen, weit von mir, als ahnte ich die Vergeblichkeit eines solchen Anschlags, dieses von vornherein zum Scheitern verurteilten Versuchs, und nur durch meinen Starrsinn im pedantischen Spezifizieren, dadurch, daß ich im Zuge der Amtshandlung einen Stoß Anweisungen auf hundert Sack grobkörnigen Goldsandes für den Scheininhaber verpraßte (aber nur für den, der zugleich die Vollmacht Fünften Ranges vorweisen konnte), dann wieder einen mit Silberdraht zusammengenähten Paß eines Henkers der II. Stufe ausstellte, indem ich auf meinem Pult das Sein mit der Pflicht verknüpfte, erhob ich die von Natur aus tote und unfruchtbare bürokratische Tätigkeit unter dem Schutz einer kleinen Mauer von Lehrbüchern in den Rang des Künstlerischen. Ich schwang mich auf den Flügeln der Ausweise über das irdische Jammertal empor und entriß, frei schwebend, durch einen Federstrich und durch die Perforierung mit einem Weckerzahnrädchen dem Nichtsein unermeßliche Welten. Dadurch aber schuf ich, nicht ganz dreizehnjährig, indem ich die Literatur mit der Plastik kreuzte (zum Kreieren von Dokumenten benötigte man beide), eine neue Richtung, nämlich den Legitimationismus – das heißt ein sakral-bürokratisches Schaffen mit einem metaphysischen Doppelpatron, dem scharfsinnigen heiligen Petrus und Polizisten in einer Person, denn dieser Ausweis ist ja zum Vorzeigen da.

Selbstverständlich glaubte ich nicht an mein Werk – ich unterhielt mich damit ja nur im Geschichts-, Erdkunde- und sogar, o Schande, im Polnischunterricht ... und dennoch ... Nie und niemandem habe ich auch nur den kleinsten Zipfel dieser Papiere gezeigt, und ich hatte mich in einen solchen Geisteszustand versetzt, daß ich, hätte ich auf der Straße einen auf einen Inhaber ausgestellten Ausweis gefunden, der diesen berechtigte, unter dem Sandberg einen Schatz auszugraben, darüber vielleicht vor Freude – nicht aber vor Verwunderung wahnsinnig geworden wäre ... Es fällt mir nämlich sehr schwer, das auszudrücken – es war ein wenig so, als wüßte ich, daß ich keine echten Papiere produzierte, aber gleichzeitig spürte, daß – trotzdem – ein Schimmer der Wahrheit auf sie fiel. Daß all dies also nicht gänzlich und vollkommen unsinnig sei, obschon es gleichzeitig, aber nur im wörtlichen Sinne so war: Ich wußte ja, daß niemand auf meine Anweisungen einen Rubin, ja nicht einmal einen roten Heller geben würde; aber wenn ich auch nicht jene klingenden Werte schuf, so kreierte ich doch andere. Welche? Werte an sich, wie die Dome zu Orvieto und zu Siena, die der Atheist irgendwie zu mindern trachtet, damit er sie ertragen kann, indem er behauptet, es seien sehr große Gebäude, abwechselnd schwarz und weiß gestreift wie ein Schlafanzug.

Gewiß, unendlich viel leichter hätte man meinen Dom auslachen und auf ein Nichts reduzieren können, da er ja nicht so materiell war wie jene – nicht weil der Baustoff unbeständig gewesen wäre, sondern lediglich deshalb, weil jene einfach da sind, während meiner nur ein Gleichnis war oder – wie ein moderner Kybernetiker das formulieren würde – ein analoges, vieldeutiges Modell jener Beziehungen, die man in der Welt unterscheiden kann. Doch das hätte ich nun wirklich weder ergründen noch verstehen können. Da ich durch die Haut fühlte, daß niemand Dinge, die ich nicht einmal auszudrücken vermochte, selbst vermuten und meinen Infantilismus erkennen würde, schwieg ich und wahrte das

Geheimnis. Die Werke jener Periode sind leider verlorengegangen, auch die wertvollsten, wie das Dekret über die Gymnastik, mit der durch ein Zweigroschenstück geprägten Serie seltener kleiner Stempel, das ich noch durch das Stück eines gelben Schnürsenkels verstärkte, den ich in der großen Pause vom Schuh abschnitt, oder wie die Genehmigung zur Gefangennahme von Ausgesuchten Personen, gedruckt in roter Chiffre, mit Zeichen, die auf den Geheimschlüssel I. Klasse bezogen waren (über Chiffren wußte ich hauptsächlich aus den „Abenteuern des braven Soldaten Schwejk" Bescheid). Die Werke sind unwiederbringlich verloren, jedoch geblieben ist der Weg – als eine vielversprechende, genau aufgezeigte Richtung.

Da ich meine solchermaßen ausgebaute Kanzlei ausschließlich im Gymnasium in Betrieb nahm (zu Hause war mir die Zeit dafür zu schade – übrigens hätte ich einfach nicht die Geduld aufgebracht, so herumzuhocken, während ich dies in der Klasse ja mußte), schmälerten diese intensiven Arbeiten keineswegs meine Freizeit. Ich las damals sehr viel. Ich erinnere mich noch an die „Insel der Weisen" der Autorin Maria Buyno-Arctowa – sie enthielt einen Vorgeschmack von Science fiction; doch irgendwie kam ich nicht dazu, diesen gewaltigen Roman in Ausweise zu übertragen.

Nun wird es gewiß verständlich, daß ich als dermaßen beschäftigter und dadurch zerstreuter Junge in meiner Stellung als Schatzmeister der Schülerselbstverwaltung nie die Kassenbilanz wahren konnte, so daß mein Vater monatlich einen oder auch zwei Złoty dazuzahlen mußte. Ich veruntreute beileibe nicht die sozialen Summen, es war lediglich so, daß sich die Groschenbeiträge bei mir mit den Goldsäcken und Brillantenkisten, über die ich ständig verfügte, vermischten, und die daraus entstehende Unordnung führte zu den bewußten Haushaltsdefiziten.

Da ich wie ein Bürokrat von echter Berufung die Amtsstunden einhielt, würdigte ich die Ausweispapiere zu Hause keines Blickes. In der Zeit zwischen dem Korrepetitor, der Französin und dem Abendbrot befaßte ich mich mit einer ganz anderen Tätigkeit: Ich machte Erfindungen. In der

Schule dachte ich überhaupt nicht an sie, weil ich durch die Büroarbeiten in Anspruch genommen war, zu Hause hingegen bewegten sich alle meine Gedanken, wie nach dem Herumwerfen einer Weiche, in einer neuen Richtung; das bereitete mir tatsächlich nicht die geringsten Schwierigkeiten. Es fiel mir auch schwer, zu sagen, welche dieser beiden Beschäftigungen ich für die wichtigere hielt – ich war wie ein Mann, der zwei Frauen gleichzeitig besitzt und der sich zwischen beide Geliebten ausgezeichnet zu teilen vermag; hier wie dort war ich aufrichtig, ebenso wie er. Ich widmete mich ganz und unbeschwert der Sache, weil ich mir alles sehr genau eingeteilt hatte oder vielmehr weil sich alles von selbst vortrefflich so fügte. Auf dem Heimweg wußte ich genau, wohin ich zu gehen hatte, um Draht, Klebstoff, Paraffin, Schrauben und Glanzpapier zu kaufen, wobei ich, wenn die kleine Pension nicht ausreichte, entweder meinen von Natur aus freigebigen Onkel ausnutzte, den Bruder meiner Mutter, der wie mein Vater Arzt war, oder mir eben etwas ausdenken mußte.

Der Onkel, den ich übrigens beim Vornamen rief, fast wie einen Schulfreund, hatte Anfälle von Freigebigkeit, die meinen Eltern mißfielen. Mehrere Male erhielt ich von ihm ein Fünfzłotystück mit dem Konterfei Piłsudskis; ich steckte die Münze erst gar nicht in mein Hufeisenportemonnaie, auf alle Fälle gab ich sie nicht aus der Hand. Ich erinnere mich, daß ich mit dem Geldstück in der verschwitzten Hand durch die Stadt ging und mich wie ein verkappter Harun al Raschid fühlte, indes mein Blick, der sich an den Schaufenstern der Läden widerspiegelte, in Sekundenbruchteilen das silberne Edelmetall in ungezählte Mengen der ausgestellten Gegenstände verwandelte, doch vorläufig war ich nicht geneigt, auch nur einem die Gnade des Kaufs zuteil werden zu lassen, denn ein plötzlicher Millionärsgeiz verhärtete mich innerlich. Gewöhnlich investierte ich jenes Vermögen in Erfindungen, die imstande waren (ganz wie bei echten Erfindern), jede Summe spurlos und ohne Ergebnis zu verschlingen. Als schöpferischer Beamter war ich ruhig, denn ein leidenschaftliches Amtieren ist unmöglich, die Technik hingegen brannte in mir mit heißer, heiliger Flamme. Ich brachte ihr blutige Opfer dar, aus pflasterbedeckten, ständig blutenden Fingern, blieb hartnäckig bei Mißerfolgen, zuweilen mit gebrochenem Herzen und zerschundenen Nägeln, doch stets flößten mir neue Einfälle wieder neue Hoffnung ein.

Längere Zeit baute ich an einem Elektromotor, der äußerlich der alten Dampfmaschine Watts mit einem Hebel glich; statt des Zylinders mit Kolben hatte er eine elektrische Spule, deren Magnetfeld einen Eisenstab nach innen saugte. Ein besonderer Unterbrecher sandte die Stromstöße in ihre Wicklungen. Wie sich später herausstellte, war das eine nachträgliche Erfindung, denn es existierten bereits ähnliche Motoren oder vielmehr: sie hatten bereits aufgehört zu existieren, da sie unpraktisch, unergiebig und in ihren Umdrehungen zu langsam waren. Aber das hat natürlich keine Bedeutung. Ich weiß, daß ich damals wohl zum erstenmal eine äußerst lang anhaltende Zähigkeit bewies und jenen Prototyp Dutzende Male umkonstruierte, ehe er sich endlich in Bewegung setzte. Und als er das tat, unbeholfen aus Blechstücken zusammengebastelt, die ich mir vom Klempner (der eine kleine Werkstatt in unserem Haus besaß) erbettelt hatte, da kauerte ich inmitten eines Gewirrs von Leitungen, inmitten der Ölflecke, der verbrannten Batterien, des Gerümpels sowie der Hämmer und Zangen (an denen kaum das Blut der unlängst erst massakrierten Spielsachen getrocknet war) und betrachtete beschmutzt, erschöpft und voller Triumph die knirschenden, langsamen, nicht ganz regelmäßigen Umdrehungen, das Schwanken des Hebels sowie die kleinen Funken am Unterbrecher. Wenn ich mich später mit dem Demonstrieren des Motors vor den Hausgenossen brüstete, so tat ich, was jeder Junge an meiner Statt getan hätte; am wichtigsten war jedoch der Augenblick, da das Werk vollbracht, der schöpferische Akt vollendet war und mir nichts mehr zu tun übrigblieb – der Motor lief stotternd wohl bis zum Einbruch der Dunkelheit, und ich sah nur zu. Das war, wenn ich mich nicht irre, eine ganz besondere Genugtuung, die keines Lobes von außen, nicht einmal der Zeugen bedurfte.

Ich brauchte niemanden, denn es war geschehen. Weder Watt noch Stephenson können Eindringlicheres erlebt haben.

Es ist klar, daß ich mich mit dieser Errungenschaft nicht zufriedengeben konnte. Ich lechzte nach neuen. Sehr lange und mit wahrer Engelsgeduld befaßte ich mich mit der Elektrolyse von Wasser, wobei ich die verschiedensten Substanzen hineinschüttete, nicht in der Erwartung, daß sich irgendwann Gold an den Elektroden zeigen werde. Ich wußte nicht nur, daß das nicht geschehen würde, sondern mir lag nichts am Gold. Es handelte sich darum, eine Substanz zu schaffen, die es überhaupt nicht gab; ich kratzte die braunen, rostroten und grauen Pulver von den Elektroden ab und verwahrte sie sorgfältig in Schachteln. Schließlich gewann ich die Überzeugung, daß meine Kenntnisse unzureichend seien. Ich begann die elektrischen Apparate systematischer zu bauen und benutzte als Anleitung ein dickes, in gotischer Schrift gedrucktes deutsches Werk, das „Elektrotechnische Experimentierbuch". Ich hatte zwar im Gymnasium schon seit zwei Jahren Deutsch, konnte aber in dieser Sprache keinen einzigen Satz lesen, das heißt verstehen. So begann ich denn den deutschen Text mit Hilfe eines Wörterbuches zu zergliedern, ein wenig wohl so wie Champollion die ägyptischen Hieroglyphen – es war eine Sisyphusarbeit. Jedenfalls zeigte sie Ergebnisse, denn schließlich hatte ich das Buch von der ersten bis zur letzten Seite durchstudiert und eine Wimshurstmaschine sowie einen Ruhmkorffinduktor gebaut. Ich hatte nämlich aus rätselhaften Gründen eine Vorliebe für mächtige elektrische Entladungen.

Da ich von Natur aus sehr unordentlich, äußerst ungeduldig und nachlässig war, ist es um so erstaunlicher, daß ich mich zu einer Selbstentsagung, zu einem mühseligen Wiederholen von Versuchen aufschwingen konnte, von denen Dutzende kein Resultat ergaben. Zweimal wiederholte sich die mehrmonatige, blutige Arbeit – blutig im wahrsten Sinne des Wortes, weil meine Finger, meine Knöchel – was war ich doch für ein unbeholfener Manipulator! – zerschnitten und mit schmutzigen Verbänden umwunden waren, als ich mehrere Kilometer Draht auf selbstgeleimte Papierspulen aufwickelte, jede Schicht mit Paraffin übergoß und jeweils Wachspapier dazwischenlegte; aber noch schlimmer war die Sache mit der elektrostatischen Maschine, weil ich kein geeignetes Material für ihre Scheiben auftreiben konnte. Zuerst versuchte ich zu diesem Zweck alte Grammophonplatten zu verwenden, die aus einem alten Kinematographen herrührten und einseitig bespielt waren; sie hatten einen Durchmesser von gar sechzig Zentimetern, aber sie erwiesen sich als ungeeignet. Zu guter Letzt beschaffte ich mir Platten aus einer sehr alten, nicht mehr funktionierenden Wimshurstmaschine, schnitt kleinere Platten mit einer Laubsäge heraus und schliff sie, nachdem ich das vor Alter grün gewordene Randebonit weggeworfen hatte, auf einem kleinen Elektromotor inmitten stinkenden Qualms, umgeben von Wolken schwarzen Staubs, der mir ins Haar, in die Augen, zwischen die Zähne, unter die Fingernägel drang. Schließlich war die Maschine fertig. Es ist komisch, daß ich zur gleichen Zeit im Werkunterricht immer Schwierigkeiten hatte, weil alles, was ich dort machte, etwas schief, wackelig, nachlässig ausgeführt war, so daß mir in diesem Fach ständig schlechte Zensuren drohten.

Später baute ich noch einen Tesla-Transformator und ergötzte mich an dem phantastischen Glimmen der Geißlerschen Vakuumröhren im Hochspannungsfeld. Damals belagerte ich häufig einen kleinen Laden mit wissenschaftlichen Hilfsmitteln in der Hausmannpassage. Ich erinnere mich, daß dort eine nicht sehr große, aber viel vollkommenere Wimshurstmaschine, als es die meine war, neunzig Złoty kostete – das war der Preis für einen Anzug. Jahre später, im ersten Semester meines Medizinstudiums, verwandte ich das erste Geld, das ich in meinem Leben erhielt – das Stipendium des Medizinischen Instituts (es war im Jahre 1940) –, restlos für den Kauf von Geißlerröhren. Meine Wimshurstmaschine funktionierte damals noch. Sie kam mir erst 1941, nach dem Ausbruch des Krieges, abhanden.

Ich habe mich auch mit der Theorie befaßt. Das heißt, ich besaß einen Stoß Hefte, in die ich meine Erfindungen mit den „technischen Skizzen“ eintrug. An einige erinnere ich mich noch. Da war ein kleines Gerät zum Aufschneiden von gekochten Maiskörnern, damit die Hülsen beim Essen am Kolben blieben; ein Flugzeug in Gestalt eines gewaltigen Paraboloids, das über den Wolken fliegen sollte – die Sonnenstrahlen wurden von diesem paraboloidalen, konkaven Spiegel gesammelt und verwandelten das Wasser in den Behältern in Dampf, der die Propellerturbinen antrieb; ferner ein Fahrrad ohne Pedalen, auf dem man „galoppierend“ wie auf einem Pferd ritt – sein Sattel bewegte sich wie ein Zylinderkolben in einem leeren Rohr, und der von ihm geschobene gezahnte Bolzen sollte das antreibende Zahnrad drehen; der Ursprung der Bewegung war das Gewicht des Sitzenden, der sich wie in Steigbügeln hochrecken und fallen lassen sollte. Bei einem anderen Fahrrad befand sich der Antrieb am Vorderrad, er bestand darin, daß sich die Lenkstange pendelnd nach den Seiten bewegte und mit dem Exzenter durch Stäbe verbunden war wie bei einer Lokomotive.

Ich hatte auch ein Auto entworfen, bei dem Feuerzeugsteine im Motor die Rolle von Zündkerzen spielten. Da war noch ein elektromagnetisches Geschütz – ich baute sogar ein kleines Modell davon, aber dann stellte sich heraus, daß schon lange vor mir jemand daraufgekommen war. Auch ein Ruder mit einer Schaufel in Form eines Schirms, das sich durch den Widerstand des Wassers von selbst abwechselnd öffnete und schloß, erfand ich. Meine größte Erfindung, zwar ebenso sekundär wie viele andere, und ich kannte nicht einmal ihre richtige Bezeichnung, war zweifellos die planetarische Übersetzung; und diese Konstruktion war wenigstens real, sie wird auch heute noch benutzt. Es ging natürlich auch nicht ohne verschiedene Modelle eines Perpetuum mobile ab, von denen ich ein gutes Dutzend ersann. Ich besaß Hefte, die ausschließlich Autokonstruktionen gewidmet waren – eine zum Beispiel hatte vier kleine Dreizylindermotoren nach dem Vorbild von Flugzeugmotoren in den Radnaben; eine Variante dieses Einfalls ist wirklich genutzt worden, nur wurden statt der Verbrennungsmotoren im Inneren der Autoräder Elektromotoren montiert. Ich entsinne mich noch meiner Doppelkolbenmotoren, ja sogar einer Art Rakete, die von einer sich in der Verbrennungskammer rhythmisch wiederholenden Gasexplosion angetrieben werden sollte; als ich 1944 oder 1945 etwas über den Mechanismus der faschistischen Vergeltungswaffe V-1 las, mußte ich sogleich an diese Entdeckung denken. Natürlich bedeutet das nicht, daß ich die V-1 noch vor den Deutschen entdeckt hätte, lediglich ihre Funktionsweise ähnelte der meinen ein wenig.

Außerdem entwarf ich diverse Kampfmaschinen – einen Einmannpanzer, einen flachen stählernen Sarg auf Raupenketten, der mit einem Maschinengewehr und einem Motorradmotor ausgerüstet war, ferner einen Projektil-Panzer, auch solche Panzer, die sich nach dem Prinzip einer Schraube bewegten und nicht durch die fortschreitende Bewegung der Raupenketten (es gibt bereits solche Traktoren), Flugzeuge, die senkrecht zu starten vermochten, weil man die Motoren umschwenkte, so daß sie einmal antrieben, dann wieder senkrecht in die Höhe zogen, und eine Menge anderer großer und kleiner Maschinen, Vorrichtungen, die dicke schwarze Kladden ausfüllten, aber auch kleinere Hefte, die ich mit Marmorpapier beklebte. Ich machte ganz ordentliche Zeichnungen, doch waren sie natürlich mit phantastischen Schildchen versehen, auf denen erdachte Zahlenangaben und andere gewichtige technische Daten figurierten.

Gleichzeitig wuchs meine Bibliothek, die immer mehr populärwissenschaftliche Bücher, verschiedene Naturwunder, Geheimnisse des Universums enthielt, und so füllten sich parallel dazu auch andere Hefte, in denen ich keine Maschinen, sondern Tiere entwarf. In der Rolle eines Vertreters der Evolution, ihres obersten Konstrukteurs, die ich *per procura* spielte, projektierte ich verschiedenartige schreckliche Raubtiere, Nachbildungen der mir bekannten Brontosaurier oder Diplodoken, mit Hornschildern, sägeförmigen Zähnen, Hörnern, und längere Zeit versuchte ich mir sogar ein Tier auszudenken, das anstelle der Beine ein Rad hatte, wobei ich so gewissenhaft verfuhr, daß ich mit dem Zeichnen seines Skeletts begann – um mir vorzustellen, wie sich die von einer

Lokomotive ausgeborgten Elemente in dem Material der Sehnen und Knochen darstellen müßten.

Wenn ich mich so ausführlich über meine Konstrukteurtätigkeit in der unteren Gymnasialstufe auslasse, das Entdecken längst bekannter Amerikas schildere und die Mühen hervorhebe, die mir diese schweren Arbeiten bereiteten, so vergesse ich doch nicht, daß all dies ja nur ein Spiel war. Die zu überwindenden Schwierigkeiten verschaffte ich mir selbst, ich maß meine Kräfte mitunter zu optimistisch, denn ich erlitt auch Schlappen, zum Beispiel, als ich Edison zu wiederholen und einen Phonographen zu bauen versuchte, denn obschon ich alle möglichen Arten von Nadeln, Membranen, Nudelhölzern, Wachssorten, Paraffin und Stanniol ausprobierte und obwohl ich mich über den Tuben meiner diversen Phonographen heiser schrie, gelang es mir nicht, es so weit zu bringen, daß einer davon meine märtyrerhaften Anstrengungen auch nur mit einem einzigen, schwachen Quäken der festgehaltenen Stimme quittierte. Aber, ich wiederhole es, das war nur Spiel; ich wußte das, und ich stimme sogar heute mit mir, dem Zwölfjährigen, in dieser Beurteilung überein, allerdings mit einigen Vorbehalten. Die Epoche der Zerstörung, der Vernichtung von Gegenständen, die mir in die Hände fielen, war in die nächste übergegangen, in die der Konstruktion, allerdings nicht plötzlich und unerwartet. Beide verknüpfte eine Übergangsperiode miteinander, die mir jetzt als Phänomen wohl doch interessanter vorkommt als die anderen beiden – nämlich die der simulierten Arbeiten. So baute ich längere Zeit (vor meinen technischen Großtaten) Rundfunkgeräte, Sende- und Empfangsstationen, die gar nicht funktionieren konnten und es auch nicht sollten. Wenn mich die aus alten Garnspulen, verbrannten Röhren und Kondensatoren, aus dickem Kupferdraht zusammengebastelten, mit einer möglichst großen Anzahl ernsthaft aussehender Knöpfe und Knäufe versehenen, auf Bretter oder in blecherne Teeschachteln montierten Apparate als naturalistische, nachahmende Kopien echter Radios in ihrem Äußeren nicht befriedigten, wenn sie mir nicht genügend imponierten, steckte ich, in dem instinktiven Verlangen, ihre Wichtigkeit hervorzuheben, zwischen das kunstvolle Gewirr hier ein blinkendes Blech, da eine besonders gewundene Sprungfeder aus einem Wecker hinein und ergänzte so lange das Gebastelte, bis mir ein unbekannter Sinn eingab, daß es nunmehr genug sei, daß die Pseudoapparatur in ihrem Aussehen meinen Anforderungen entsprach.

Ich möchte noch einmal betonen: Das war für mich ein Spiel. Nichtsdestoweniger findet man heutzutage auf Plastikausstellungen Konstruktionen, die meinen damaligen seltsam ähneln. Bin ich auf diesem Gebiet etwa ein Vorläufer? Der Gedanke ist zu schmeichelhaft, um so mehr, als ich mich an ein Erlebnis erinnere, das ich kürzlich auf einer Ausstellung abstrakter Bildhauerei hatte. Im Mittelpunkt der Exposition standen plumpe, bretzelartig löchrige Antitorsi und Antiakte, während an den Wänden Collagen (kann man sie nicht einfach Klebearbeiten nennen?) verschiedenen Formats und verschiedener Provenienz hingen. Ich sah mir flüchtig einige vollkommen leere, auf Staffeleien gespannte Bildflächen an, die nur an einigen Stellen von hinten mit Pflöcken gestützt waren, so daß sich die Lakenebene geometrisch brach, auch ein paar eingerahmte Konglomerate von graubraun-grünlich wergleinenen Formen, in denen das neugierige Auge nur aus großer Nähe die Genealogie des Werkstoffs aufdecken und identifizieren konnte – Fetzen eines unter dem Mastix oder dem Kleister erstarrten Netzes, Metallspäne, sprungfederartige Blechstücke –, da hielt ich plötzlich vor dem nächsten Exponat inne. Es wirkte durchaus ruhig, als habe sein Schöpfer bereits seinen einleitenden Absichten einen mäßigenden Dämpfer aufgesetzt; das Werk besaß einen rechteckigen Rahmen aus einer Blechleiste; ungefähr in einem Abstand von zwei Fünfteln vom unteren Rand, somit etwa in der Proportion des Goldenen Schnitts, wurde es von einem lässig befestigten Stäbchen, einer Art Verbindungsrohr, durchgestrichen, und über dieser Hauptlinie breitete sich die öde Fläche eines vor Alter geradezu zerfallenden Bleches aus, das in der Mitte drei fast symmetrische Öffnungen besaß; glatt durchbohrt, klafften sie mit ihrer Leere, jede von einer bräunlichgrauen Aureole umgeben. Wie erloschene Sterne,

Löcher von herausgeschlagenen Sonnen! Ich mußte noch an die eigenartige Technik denken, die der Künstler dazu verwandt hatte, um die Öffnungen so natürlich mit der verblassenden Schicht eines immer schwächeren, allmählich ins Nichtsein zurückweichenden Brandrosts zu bestäuben, auch an die Kunstfertigkeit, mit der er die gesamte Blechfläche ausgeglüht hatte, denn sie war zugleich bläulichgrün und stellenweise körnig-rauh von der Einwirkung der Flammen; so suchte ich denn nach dem Schild mit der Bezeichnung dieser Studie und dem Namen des Autors, aber es fehlte; bis ich schließlich, heftig mit den Augen zwinkernd, dahinterkam, daß ich das Opfer eines Mißverständnisses geworden war. Die Ausstellung war in einem großen Keller mit schönem Deckengewölbe untergebracht, die Exponate hingen an seinen unverputzten Wänden, und wie das gewöhnlich an solchen Orten zu sein pflegt, waren hier und da in den Ziegelnischen Türen der Schornsteinkanäle befestigt. Ich stand gerade vor einem solchen rostigen und mit einem ausgerenkten Riegel versehenen Schieber. Im Nu war denn auch die ästhetische Feuersbrunst, die bislang von jenem Schieber in meine willigen Augen gestrahlt hatte, abgedunkelt und erloschen, und er, der entlarvte, plötzlich gebändigte, war ein banales Stück Blech eines Schornsteinschachts geworden, während ich mich in einer gewissen Verwirrung ziemlich schnell von dieser Stelle entfernte, um mich wieder vor den authentischen Werken in den gemäßen Zustand zu versetzen, das heißt, um den Geist auf die Anforderungen abzustimmen, die das abstrakte Schaffen nun einmal stellt.

Als ich jenes Erlebnis überdachte, kam ich zu der Überzeugung, daß es nichts Schändliches enthielt – wenn überhaupt jemand die Verantwortung für dieses leichte Abrutschen in den Irrtum trug, ich war es nicht. Man hatte schon andere Sachen auf ähnlichen Ausstellungen erlebt; ich erinnere mich, daß ein Kenner, ein wahrer Kunstfreund, der zwar, wie ich loyal zugeben muß, ein wenig kurzsichtig war, auf einer anderen Ausstellung, inmitten zahlreich aufgebotener Klumpen und Kugeln von steinernem Grau oder gipsernem Weiß, plötzlich mit energischem Schritt auf ein bestimmtes Postument zuging, das gleich am Eingang stand, von wo aus ein kleiner Drehklumpen mit rhythmischen Oberflächenzöpfen das Auge durch besondere Farbe und Gefälligkeit lockte. Auf halbem Wege hielt er inne, erbebte und kehrte langsam um, es war nämlich ein gewöhnlicher Striezel, ein Weizenmehlprodukt des Bäckereihandwerks, den die Dame, die die Pflichten der Kassiererin versah, auf einen Platz in der Nähe gelegt hatte, als sie Tee holen ging.

Was geschieht eigentlich mit der Kunst, daß sie die Möglichkeit solcher humoristischer Verwechslungen zuläßt? Sollte etwa der Lieferant ihrer aktuell modischen Produkte sowohl ein Schornsteinfeger, ein Bäcker als auch ein spielendes Kind sein? Die Sache ist nicht ganz so einfach. Der Künstler von früher produzierte Gegenstände, die gesellschaftlich unentbehrlich waren, nämlich Geräte für Dienstleistungen, obschon von eigenartiger Bestimmung, denn sie halfen den Toten, in die Ewigkeit umzuziehen, den Zauberformeln, sich zu erfüllen, den Gebeten, die liturgisch gebotene Fülle zu erlangen, einer unfruchtbaren Frau, Kinder zu gebären, einem Helden, die sakrale Auszeichnung zu erringen. Das ästhetische Äußere jener Geräte war ihr Bestandteil, der ihre Wirkung erhöhte, der sie stützte, niemals aber war er das Vorherrschende, ein selbständiger außerutilitärer Wert. So hatte der Künstler also ausdrücklich seinen Platz in den Gebäuden der religiösen oder staatlichen Metaphysik, er war der ausführende Ingenieur des Themas, niemals aber sein Schöpfer; die thematische Urheberschaft schrieb man nämlich der Offenbarung, dem Absoluten, der Transzendenz zu; hieraus ergaben sich die Barrieren der strengen Beschränkungen, von denen wir soviel geredet haben, hieraus resultiert auch das Tautologische der damaligen Kunst, die ja nichts Neues sagt, weil sie wohlvertraute Inhalte aus dem Gedächtnis wiederholt: die Kreuzigung, die Verkündung, die Himmelfahrt, den Zeugungsakt in priapeischen Symbolen, den Kampf Ahrimans mit Ormuzd. Seine Persönlichkeit, den unwiederholbaren Genius, schmuggelte der Künstler, um es so zu sagen, in die Tiefe der Gemälde oder Skulpturen und Altäre, und sein Talent war um so mächtiger, je mehr seine Erfindergabe es verstand, ihre Gegenwärtigkeit ungeachtet der unfreien Unterordnung unter das liturgische Rezept, im engen Bereich des Erlaubten, nicht vollends Kodifizierten durch trotz allem noch zahllose Methoden kundzutun. Er konnte nämlich sowohl die Fossilien des Dogmas unmerklich beleben, sie in Schwingungen versetzen und ihm eine mehr oder weniger andeutungsweise Resonanz in der realen zeitgenössischen Welt verleihen, er konnte, umgekehrt, sich im Werk durch ein System von Dissonanzen, von kaum spürbaren, aber doch vorhandenen Mißklängen verbergen, in deren Auslegung wir uns heute übrigens völlig irren können, weil nämlich das, was für uns an manchen frühgotischen Heiligen gewissermaßen schon absichtlich naiv, sogar humoristisch ist, für die damals lebenden Menschen gar nicht so zu sein brauchte. Gern hätte ich den Gesichtsausdruck manch eines Schöpfers beobachtet, wenn er sich allein mit seinem entstehenden Gemälde befand.

Dieses Hineinschmuggeln der Persönlichkeit in den Bereich der metaphysischen Dogmatik ist für mich eine faszinierende Angelegenheit, ich empfinde nämlich die aktive Gegenwart des Autors in zahlreichen Meisterwerken als eine spezifische Perversität, als eine vielleicht nur durch das Unterbewußtsein mikroskopisch dosierte Blasphemie, deren giftige Prise eben paradoxerweise die offiziell heilige Aussage des Themas noch steigert. Aber darüber müssen wir schweigen, hier wenigstens. Jene Epoche ist vergangen, das Gebäude der metaphysischen Sklaverei ist unter den Stößen der technischen Zivilisation eingestürzt, und nun hat sich herausgestellt, daß der Künstler schrecklich frei ist. Statt des Dekalogs der Themen – die Unendlichkeit der Welt, statt der Offenbarung – die Suche, statt eines Gebots – die Wahl. Es entstehen evolutionäre Folgen: der Akt in wörtlicher Bedeutung, der grob gehauene Akt, die steinerne Verallgemeinerung des Körpers, die geometrische Andeutung, das Fragment, das Segment, die Ruine des Rumpfes oder des Kopfes, und schließlich – jemand, der über einem ausgetrockneten Flußbett einen Stein wegen seiner besonderen Form aus einer ganzen Milliarde von Felsblöcken heraussucht und ihn zur Ausstellung bringt. Eine Bearbeitung ist nicht erforderlich, wenn die Selektion schon genügt. Auf diese Weise gelangt man, gewissermaßen ohne es zu wollen, vom Schicksal als allwissende Vorsehung zum Schicksal als statistische Theorie, als blinde Entfesselung der Kräfte, die die Felsblöcke im Strombett bearbeiten, vom Schöpfer des Bewußten zum schöpferischen Zufall, von der Notwendigkeit zum Glücksfall.

Nicht nur der Künstler leidet unter dem Übermaß an Freiheiten; die Kunstkonsumenten befinden sich in keiner besseren Lage. So wird ein eigenartiges Spiel von künstlerischen Vorschlägen und ihrer Billigung oder Zurückweisung ausgetragen. Ein Dämon allgemeiner Ungewißheit, dessen alle überdrüssig sind, den die Kenner und Fachleute durch Beschwörungen zu vertreiben suchen, schwebt über dem Schachbrett solcher Finalkämpfe. Ein bekannter Maler stellt sechs vollkommen schwarze Bilder aus; ist das ein schlechter Scherz, eine Herausforderung oder ein erlaubter Einfall? Ein Kühlschrank ohne Tür, auf Fahrrädern, gestreift bemalt – darf man das? Ein Stuhl, von drei Messern durchbohrt – ist das gestattet? Doch was bedeuten schon solche und ähnliche Fragen! Wenn man das ausstellt, wenn es Betrachter und Käufer und auch apologetische Kritiker gibt, wird sich die Angelegenheit in einem Dutzend Jahren in den Nachschlagewerken der Kunstgeschichte als eine bereits unwiderruflich vergangene Periode petrifizieren. Jedoch hält die Unsicherheit an, deshalb nennt man die Werke nicht beim Namen, sondern versieht jedes mit einer ausdeutenden Hinterpforte: das seien, wie man uns versichert, neue Versuche, Experimente, künstlerische Schürfarbeiten. Ein künftiger Historiker der Kunst des 20. Jahrhunderts wird nicht ohne Genugtuung feststellen können, daß diese für ihn bereits archaische Periode fast keine Werke, sondern immer nur Vorschläge dazu hervorgebracht habe.

Der Künstler indes, der ausschließlich von Gebrauchsgegenständen umgeben ist, macht diese zum Feld der Exploitation. Alles dient zu irgend etwas – zum Anhören einer Sendung, zum Rasieren, zum Fahren, zum Mahlen von

Getreide oder zum Backen von Brot. Man könnte einen Mühlstein in eine Ausstellung rollen, doch ist die Geringfügigkeit des persönlichen Beitrages zu diesem schöpferischen Akt in deprimierender Weise augenfällig. Man muß mit dem Gegenstand etwas anstellen, muß ihm seine Funktion abnehmen, und als Rest, gewissermaßen zwangsweise, bleibt dann der leere Ausdruck, nur die ästhetische Seite zurück. So tauchen denn „Maschinen ohne Verwendungszweck" auf. Auch ich habe solche gebaut. Nicht als Vorläufer, sondern als Kind. Und eben der moderne Künstler macht den Versuch, ein Kind im Herzen der Zivilisation zu werden, im Kind die rettenden Beschränkungen zu finden. Denn nur das Kind kennt noch keine Zweifel, weiß nichts von der Sintflut der Konventionen, nur sein Spiel ist noch todernst.

Aber wird er das finden, was er sucht, wenn er sich im Kinde vor der Bodenlosigkeit der übermäßigen Freiheiten verbirgt? Der Künstler spürt den Trieb, zum Urbeginn zurückzukehren, dorthin, wo die Arbeit gleichzeitig Spiel und schöpferischer Akt war, wo die Tat die eigene Entlohnung darstellte, nur sich selbst diente, ansonsten aber nutzlos war – o ja, in diesem Zustand ging auch ich an die Herstellung meiner Pseudoapparate. Ich baute sie, weil ich sie brauchte, und ich brauchte sie, damit ich sie bauen konnte. Ein Kreis, ebenso fest geschlossen als auch von allen möglichen der vollkommenste – ein Glaubensschluß, der verkündet, daß der Glaube alles sei. Jener berauschende *Circulus vitiosus* war jedoch natürlich, denn ich war zwölf Jahre alt. Ich tat alles, was ich konnte, ich verfolgte keine realen Ziele, ich streckte mich einfach nach der eigenen Decke, eben der eines Zwölfjährigen, ich setzte mir keine Schranken, im Gegenteil, das war meine höchste Freiheit, der Gipfelpunkt meines Gymnasiallebens. Wenn sie eingeengt, verbaut war, dann nur durch die Natur, einfach durch das Alter, denn im Gegensatz zum Künstler versuchte ich gar nicht, ein Kind zu sein; was sonst konnte ich damals sein? Unglücklich der Künstler, der Grenzen im Kind sucht, er findet keinen Platz in ihm. Es stimmt, die ruhige Absolutheit des Glaubens hat dem Menschen die Worte *credo, quia absurdum est* entlockt. Und es stimmt auch, daß es in der Zivilisation, die eine Pyramide dem Menschen dienender Maschinen ist, nichts Absurderes gibt als eine Maschine, die weder dem Menschen noch sonst jemandem nützlich ist. Die Resultate konvergieren jedoch nur im Absurden, weil die Wege verschieden waren, die zu ihnen führten. Es ist um die Kunst nicht gut bestellt, wenn man eine Semmel, einen Flußstein und eine Ofentür mit Kunstwerken verwechseln kann. Es steht schlecht um sie, wenn man das vergrößerte Mikrophotogramm eines Kristallschliffs oder ein gefärbtes Gewebepräparat oder auch eine durch ein Elektronenmikroskop gesehene, mit Silberionen bestäubte Virenkolonie mit gleicher Berechtigung zwischen abstrakte, tachistische Gemälde stellen kann. Das soll nicht heißen, daß mir abstrakte Malerkompositionen nicht gefielen; im Gegenteil, es gibt wundervolle, aber man kann eben unter Laborpräparaten oder auf schwarz gewordenen Rindenstücken im Wald, die irgendein Schimmel in biologischem Weißstichtiefdruckrhythmus gehäkelt hat, noch bessere finden.

Das Unglück der zeitgenössischen Kunst liegt gar nicht darin, daß sie ausgedacht wurde, im Gegenteil, in der toten und in der belebten Natur wimmelt es von solchen „abstrakten Kompositionen"; der Mikrobiologe, der Geologe, der Mathematiker kennt sie, ihre Schichten stecken in den Pseudomorphosen alter Diabase, in der Mikrostruktur der Amöben, in den Änderungen der Blätter, in den Wolken, in Felsformationen, den Zeugen der Verwitterung; Meister und Vorläufer auf diesem Gebiet sind die beiden großen Steinmetze, Zerstörer und Konstrukteure in einem, die Entropie und die Enthalpie, und wer mit ihnen nicht rivalisieren will (wenn er, wie sonst übrigens kaum jemand, begriffen hat, daß er schließlich doch verlieren wird), sondern Rettung und Heil in der Rückkehr zur süßen Höhlenwildheit sucht, der versteckt sich im Kind, im Primitiven – aber vergebens, weil der Neandertaler und das Kind früher und authentischer gewirkt haben.

Doch woher nehme ich das Recht, so zu reden? Niemand gibt es mir, das sage ich gleich. Man braucht nicht mit mir einer Meinung zu sein, um so mehr, als ich keine neue Sklaverei, keinen erlösenden Glaubensschluß vorzuschlagen habe. Dann aber wird man leider eingestehen müssen, daß ich wohl doch ein hervorragender Vorläufer gewesen bin, und nicht nur ich, sondern auch meine Freunde, sogar die aus der Grundschule, wenn sie eine Pfütze, in der ein Ölfleck schwamm, mit einem Stock aufwühlten und dabei prachtvolle koloristische Kompositionen schufen. Wir waren große, obschon rotznasige Primitivisten, und meine Pseudoradios sind angesichts der „Mobile" das, was Bosch für die Surrealisten bedeutet. Und was für Kompositionen gelangen uns noch früher, wenn wir den Grießbrei auf dem Teller mit Spinat vermengten!

Übrigens, wenn nun einmal der Rückwärtsgang verbindlich ist und sich der Turpismus als die modischste Richtung erweisen wird, dann gestatte ich mir, diesmal voller Stolz, an die vollgepinkelte Spieldose zu erinnern. Stellt nicht jene krüppelhafte Schöpfung, entstanden durch die Auffüllung eines Musikuhrenmechanismus mit einer Substanz körperlicher Herkunft, stellt nicht das Resultat des Ringens Newtonschen Gedankenguts (der Uhrengang der Himmelskörper ist sein Leitgedanke) mit dem Element animalischer Zersetzung, mit einem Wort – stellt nicht die Kreuzung der Idee mit dem Exkrement ein wahres Phänomen im Vorläufertum dar, mehr noch, in der Prophetie, die den katastrophischen Nihilismus verkündet? Die deterministische Notwendigkeit einer toten Melodik habe ich immerhin als Vierjähriger durch einen echt existenzialistischen Wahlakt negiert, indem ich mich offen für die animalische Freiheit aussprach und somit allein schon durch das Aufknöpfen der Höschen ganzen Jahrtausenden emsiger Zivilisation eine Ohrfeige versetzte! Und dazu die vollkommene Nutzlosigkeit, somit auch reine Uneigennützigkeit jener spontanen Kreation...

Aber so könnte man endlos weiterspinnen. Nicht alles ist Spott, denn es hat sich alles als Konvention erwiesen, auch die Sprache, auch das Alphabet, auch die Regeln der Syntax und der Grammatik; und wenn man das Feld des Erlaubten nur genügend erweitert, wenn man irgendein Einvernehmen erlangt, zum Beispiel hinsichtlich einer vorläufigen Billigung der Bedeutungen, die einem beliebigen Objekt zugeschrieben werden, dann läßt sich absolut alles mit Hilfe eines beliebigen Zeichens, Symbols, Gegenstands oder Bildes ausdrücken. Man wird abgeschnittene Finger ausstellen können, Stühle, die statt einer Lehne den Brustkorb und die Wirbelsäule des menschlichen Skeletts oder seine knöchernen – nicht hölzernen – Beine besitzen; man wird mit einer vergrößerten, haltbar gemachten Zwiebel die epistemologische Symptomatik der kosmischen Materie, das heißt die Vielflächigkeit und zugleich Unendlichkeit der Erkenntnis, die ein Herunterreißen der einzelnen Schalen ist, versinnbildlichen.

Verschwunden ist nämlich die früher in ihrer Beziehung zu offenbarten Wahrheiten eindeutige gesellschaftliche Aussage, und es gibt keinen Müllhaufen, mit dem man nicht, bei entsprechender Fassung und Beleuchtung, einen mutmaßlichen dunklen Inhalt ausdrücken könnte, der vielleicht gar der Verurteilung der Zivilisation gleichkäme. Es ist ja auch eine Verdunkelung entstanden, eine Einnebelung, eine informatorische Unklarheit, in der hie und da einzelne Werke mit eigenem traurigem Schein der Kräfte oszillieren, jedoch erweckt jener gesamte Raum irrationale Sehnsüchte nach einer Befreiung aus einer allzu willkürlichen Freiheit – was indes seit langem nicht mehr sinnvoll ist, da nicht von den Dingen Erwachsener, sondern vom Kind die Rede ist. Kehren wir also, wie zerstritten wir auch sein mögen, zu ihm zurück.

7

Es bleibt mir hier nicht mehr viel zu schildern übrig, und doch bedrängen mich hartnäckig viele häusliche Gegenstände und auch viele Straßen, auf denen ich gegangen bin, damit ich sie wenigstens einmal erwähne. Was ist eigentlich so bezaubernd an den Dingen und an den Steinen, die uns in der Kindheit umgaben, daß sie sogar den magischen Wert einer mit nichts zu vergleichenden Einzigartigkeit besitzen? Worauf gründet sich ihr kategorisches Verlangen, daß ich nach der Vernichtung im Kriegschaos und dem Verfall auf den Müllhaufen Zeugnis von ihrer Existenz ablege? Nur wenige Jahre nach den hier dargestellten idyllischen Zeiten mußte man die toten Dinge um ihre Beständigkeit beneiden, plötzlich, von einem Tag zum anderen, wirkten sie wie Hohn, wenn man die Menschen aus ihrer Mitte herausriß, und die plötzliche Verwaistheit, die Nutzlosigkeit der verlassenen Stühle, Spazierstöcke, Nippsachen wurde geradezu monströs. Es sah in der Tat so aus, als rivalisierten die Gegenstände mit den Lebenden, denn sie waren widerstandsfähiger als jene, weniger abhängig von den Katastrophen der Zeit, und als nähmen sie erst nach der Befreiung von ihren Eigentümern Kraft und Ausdruck an – man denke nur an die Wagen und an die Schüsseln auf den Barrikaden, an die Brillen, durch die niemand mehr schauen konnte, an die Briefstöße, auf denen herumgetrampelt wurde.

Aber obwohl sie in der Kriegslandschaft die Macht unheimlicher Zeichen gewannen, nahm ich ihnen das nie übel. Ich glaubte an ihre Unschuld. Weder Feuer noch Zeit hatte meiner vernunftwidrigen Anhänglichkeit etwas anhaben können, die ich für die alte Fayenceeule aus Vaters Bibliothek hegte, für den Löwen und für den Tiger, diese schönen schweren Tiere aus schwärzlicher Bronze, für das Schachspiel, dessen Könige und Bauern mit ihren tatarischen Gesichtszügen ein Nachbar, der 1915 in russischer Kriegsgefangenschaft war, meinem Vater geschnitzt hatte, für die beiden Uhrenhunde von Mutters Anrichte, die die Stunden durch Umdrehungen ihrer hervortretenden Augen anzeigten.

Ich erinnere mich, daß in dem recht banalen, sehr bürgerlichen Schlafzimmer meiner Eltern eine Scheibe des Lüftungsflügels ein kleines rundes Loch aufwies, von dem aus Risse zum Rahmen verliefen: Man hatte mir gesagt, daß dort während der Kämpfe des Jahres 1918 eine Kugel hereingeflogen war; so suchte ich, ein vernünftiges Kind, nach der Spur ihres Irrfluges an der Decke, aber die war glatt, makellos. Man hatte die Einschußstelle verputzt, so wurde mir erzählt. Aber entweder konnte ich es nicht glauben, oder ich wollte es einfach nicht, jedenfalls wanderte manchmal mein Blick in dieser so ruhigen, so gewöhnlichen Wohnung voll satten bürgerlichen Wohlstands zu jener kleinen Scheibe dicht unter der Decke, die meine Augen auf unerklärliche Weise anlockte. Das Loch war nicht groß, offensichtlich lohnte es sich nicht, die Scheibe auszuwechseln, und so blieb es die ganze Zeit zwischen den Kriegen da. War sie für mich etwas Beängstigendes, wie für Robinson die Fußspur am Strand der unbewohnten Insel? Nein, ich betrachtete sie durchaus nicht als einen Vorboten grausamer Ereignisse, die ich mir auch gar nicht vorzustellen vermocht hätte, sie vertrug sich einfach nicht mit der schläfrigen Harmonie der Möbel; jene Spur war etwas Verblüffendes, wie eine dem Unmöglichen entrissene Einzelheit, die man unverhofft dicht vor sich erblickt und die mit dem ruhigen Nachdruck ihrer materiellen, somit auch nicht in Frage zu stellenden Existenz spricht. Wie denn – konnte es also wirklich so sein, war wirklich jemand imstande, in die Fenster zu schießen? In die Wohnungen? Und drei Jahre danach wurde ich geboren?

Ich muß darauf achten, daß ich mich nicht zu Übertreibungen hinreißen lasse. Die durchschossene Scheibe mochte einen wundern, sie reizte vielleicht sogar wie ein unverhoffter Mißklang, aber sonst nichts, und sie verblüffte mich nicht mehr als die Harztropfen, die aus dem Rahmen desselben Fensters rannen. Ich liebte es, jedes Tröpfchen, das das Holz *langsam, im Verlaufe vieler Tage durch den Lack ausweinte, auf dem Finger zu sammeln; oben waren sie schon etwas trocken, doch innen aromatisch, harzig und klebrig, ganz so, als wollte sich das Holz nicht in sein Schicksal fügen, als befände sich sein ganzes unsichtbares Inneres noch im Wald und spräche sich hartnäckig für ihn aus, entgegen der Augenscheinlichkeit des Hobels, der Nägel, des Lacks und beider Beschläge, mit denen der enge Gurt des Stores am Rahmen befestigt war. Das mag genügen, um das Problem der durchschossenen Scheibe auf seine eigentlichen Ausmaße zu reduzieren.*

Und was für Bande wurden eigentlich zwischen dem Kind, das stets die gleichen Straßen durchquerte, dem Bürgersteig, den Mauern geknüpft? Handelte es sich da vielleicht um das Schöne? Das nahm ich doch gar nicht wahr, ich wußte ja nicht, daß eine Stadt anders sein kann, also nicht steinern gefaltet, nicht hügelig, so daß die Perspektiven der Straßen, wie etwa die der Kopernikusstraße oder die der Sykstusstraße, nicht nach oben zu fliehen brauchen, daß die Straßenbahnen nicht Hals über Kopf hinunterfahren oder die Höhen emporklimmen müssen; ich bemerkte die Gotik der Elisabethkirche, die orientalische Exotik des armenischen Doms gar nicht; hob ich den Kopf, dann nur, um zu sehen, wie sich der blecherne Hahn auf dem Schornstein drehte. Erstaunlich ist, daß ich überhaupt fähig bin, durch die Anstrengung des gegen den Strom der Zeit gerichteten Gedächtnisses solchen Worten wie Janów, wie Zniesienie, Piaski, Łackiego die Unschuld wiederzugeben, denen die Jahre einundvierzig und zweiundvierzig eine unheilvolle Bedeutung verliehen hatten, als die Straßen, etwa von der Bernsteingasse bis hinter das Theater, in Richtung der Słoneczna und weiter, eines Tages völlig leer, wie ausgestorben standen, mit vom Winde geschüttelten offenen Fensterflügeln, mit der plötzlichen Leere der Wände, der Höfe, der Balkone, und noch weiter entfernt erschienen die hölzernen Zäune des Ghettos, die später wieder verschwanden. Ich sah sie hin und wieder von weitem, mit ihrer auseinandergewürfelten, vorstädtischen Anlage – und dann nur noch die grasbewachsenen Trümmer.

Aber in den dreißiger Jahren hätte niemand das vermutet. Gewiß, auch damals geschah schon mancherlei. Einmal beobachtete ich vom Balkon unserer Wohnung, geduckt hinter seiner steinernen Brüstung, wie angreifende berittene Polizei mit der demonstrierenden Menge zusammenstieß, das war während Kozaks Beerdigung. In dem Gerassel der blechernen Fallgitter, mit denen die Kaufleute ihre Schaufensterscheiben zu retten versuchten, sah ich, wie ein vom Pferd gezerrter Polizist mit funkelndem Stahlhelm zu Boden stürzte, aber das war wie ein plötzliches Gewitter. Es ging vorüber, und als die Hausmeister das zerschlagene Glas vom Pflaster gefegt hatten, war wieder Ruhe eingekehrt; dankbare Patientinnen – Nonnen – brachten meinem Vater aus ihrem Garten große Sträuße veredelten Flieders, den wir in die Badewanne unter fließendes Wasser zu legen pflegten. In der Heiteren Lwówer Welle konnte man die spaßigen Unterhaltungen Tońcios mit Szczepcio hören oder die komischen, durch ständiges Räuspern unterbrochenen Monologe des Herrn Strońcio; ich indes erklärte meinen Eltern, daß ich nicht mehr ins Gymnasium gehen wolle, weil man dort Pumphosen tragen müsse, die ich nicht tragen könnte, weil sie mich unterm Knie kitzelten. Wir waren, das weiß man jetzt, wie Ameisen, die lebhaft und energisch im Ameisenhaufen wirtschafteten, über dem sich bereits die Sohle eines Schuhs erhob. Manche gewahrten, wie sie glaubten, seinen Schatten, aber alle, also auch sie, kümmerten sich bis zum letzten Augenblick um stets die gleichen Angelegenheiten, mit Eifer und mit Begeisterung, um die Zukunft zu sichern, um sie zu besänftigen. um sie zu meistern. Erwachsene wie Kinder, alle waren wir gleichgeschaltet durch die Segnung der Unwissenheit, ohne die man nicht leben kann.

Aber wir bereiteten uns ja vor. Täglich gingen wir in Schuluniform zur Penne – einmal in der Woche hatten wir PS, die paramilitärische Schulung. Es war unsere Pflicht, sich dann in der entsprechenden Uniform zu präsentieren. Sie bestand eigentlich nur aus einer grünen Leinenbluse, die man sich über den Kopf zog und die der gewöhnlichen russischen „Gimnastjorka“ glich. Wer es sich leisten konnte, bohrte auf der Brust verschiedene Abzeichen in sie hinein, Pfadfindermedaillen, Schützenorden – was mich betraf, so hatte ich am Schießstand unterhalb des Hohen Schlosses eine Unmenge Patronen verschossen und noch vor dem Abitur das goldene Schützenabzeichen errungen, doch sollte ich mich damit nicht lange brüsten.

Vorn mußte die Bluse, die mit einem breiten Riemen umgürtet wurde, ordentlich geglättet sein. Manche von uns besaßen prachtvolle Koppel mit doppelten Schnallen und zahlreichen Schlaufen; ich beschaffte mir auch ein solches, es hatte sogar ein hauchdünnes Filzunterfutter und messingene Haken für einen Offiziersschulterriemen, der quer über die Brust lief, aber auf den ich natürlich keinen Anspruch hatte. Doch was hilft's, wenn man zu dieser Bluse eine schlanke Figur haben mußte, wie L., den man in der Taille mit beiden Händen umfassen konnte! Bei ihm war keine Spur von einem hervortretenden Gesäß, bei mir ragten dagegen alle Falten, die hinten zusammengedrückt waren, wie ein breiter Schwanz heraus und machten aus der Uniform einen Rock. Das bekümmerte mich über alle Maßen.

Der Kommandeur des Trupps war Professor Starzewski, Historiker und Reserveoffizier, doch er wachte über uns von hoch oben, aus der Ferne sozusagen. Im Alltag befaßten sich ein paar Berufsunteroffiziere mit uns; sie kamen aus der Stadt, manchmal mit diversen geheimnisvollen Päckchen, mit Gegenständen, die unter Militärgeheimnis standen, so zum Beispiel mit kleinen Phiolen, aus denen man unter dem Korken eine schwache Spur von Giftgasgerüchen erschnuppern konnte, die aber in dieser Apothekerverpackung bis zur Unschädlichkeit gemildert waren. Sie gaben uns also Phosgen zu riechen, Zyanbrombenzyl, Chlorazetophenon und weitere, mit ähnlichen bedrohlichen Beziehungen versehene unsichtbare Gifte. Wir erhielten für diese Übungen auch Gasmasken, ich erinnere mich ihres unangenehmen Gummisegeltuchgeruchs und -geschmacks, man konnte darin nur mühsam atmen und laufen nur unter krampfhaftem Keuchen, aber das war stets nur ein Spiel.

Einmal wurden Rauchkerzen auf dem Übungsplatz ange-

zündet, und ein Unteroffizier warf eine Tränengasgranate. Plötzlich wehte der Wind die ganze Wolke auf den Pedell, der bitterlich weinend daraus hervortauchte. Die Unteroffiziere hatten viel Ärger mit uns. Insgeheim machten wir uns über sie lustig, wenngleich nur gutmütig, wir wiederholten ihre verschiedenen Redensarten – Korporal Flau hieß in Wirklichkeit gar nicht so, man hatte ihm diesen Spitznamen nach einem Vortrag angehängt, in dem er uns dramatisch vorgeführt hatte, wie „flau" jemand im Gesicht würde, der Phosgen geschluckt hat.

Wir hatten in dem mikroskopischen Arsenal des Gymnasiums auch eigene Karabiner – überwiegend Lebelgewehre wohl noch aus dem Jahre 1889. Es war eine archaische Waffe, obschon mit Mehrladeeinrichtung, sie war lang und schwer, die Patronen wurden nacheinander in einen Kanal gesteckt, der im Lager unter dem Lauf ausgehöhlt war, die Schlösser mußten wir unzählige Male zusammensetzen und auseinandernehmen, es gab auch viel Drill und Präsentieren der Waffen; sehr, aber wirklich sehr selten erhielten wir sogar eine Platzpatrone – natürlich bereits hinter der Stadt, irgendwo im Kaiserwald, wohin man uns in einer Marschkolonne führte.

Die Laufmündungen unserer Karabiner hatten sichtlich ausgeleierte Kaliber, für den Kampf besaßen diese Waffen überhaupt keine Bedeutung, ebensogut konnte man die Übungen an Stöcken durchführen, die wie Gewehre geschnitzt waren, aber die Bemängelung der Qualität unserer Karabiner hätte man wohl als Hochverrat angesehen. Bei schlechtem Wetter brachten wir diese zwei Stunden in der Klasse mit dem Reinigen der Waffen zu. Das war eine wahre Kunst, ein wenig Danaiden-, ein wenig Sisyphusarbeit, inmitten gewaltiger Mengen Werg und vaselinartiger Tovotteschmiere. Wir lernten auch die Methoden der Überprüfung unserer Arbeit kennen – man konnte mit Hilfe eines Streichholzes, das zu einem dünnen Zahnstocher zugespitzt war, mit dem der Sergeant an den Schrauben des Kolbens sowie zwischen dem hölzernen Lager und dem Lauf sorgfältig stocherte, schließlich immer eine mikroskopisch kleine Ritze finden, die die Spitze des Hölzchens beschmutzte, und dann hatte alles von *vorn zu beginnen. Aber das ärgerte uns nicht übermäßig – so als hätten wir es eingesehen, daß dies die Regeln dieses Spiels seien und daß das Militärische eben darin bestehe.*

In der zweiten Oberstufenklasse gingen wir bereits zum Schießstand, wo aus wirklichen Karabinern, nicht mehr aus Lebelgewehren, geschossen wurde; es herrschte dort echte Frontatmosphäre. Man hatte uns auf diese Schießübungen so lange vorbereitet, hatte uns das Mausergewehr, das in der Armee verwendet wurde, mit einer unglaublichen Geheimniskrämerei oder Vorsicht fast bis zum letzten Augenblick nicht zu berühren gestattet und uns in den Betonständen buchhalterisch jeweils nur eine scharfe Patrone zugeteilt, so daß der Karabiner schließlich eine Waffe von ungeheurer Bedeutung für uns geworden war, mit einer Feuerkraft, der nichts widerstand – ein seltenes Präzisionsinstrument, das nur wenige Armeen auf der Welt besaßen. Ich behaupte nicht, daß man uns dergleichen einzureden versucht hätte – wir gewannen diesen Eindruck einfach aus dem ganzen feierlichen Gehabe, mit dem man uns hinhielt.

Übrigens spielte, offen gesagt, auch die Atmosphäre des Schießstandes mit hinein, jene Betonstände, die mächtigen Rückstöße, die die Waffe austeilte, wenn man den Kolben nicht vorschriftsmäßig an die Schulter preßte; was war im Vergleich mit dem Karabiner schon das lumpige Sportgewehr 0,22, aus dem wir manchmal im Gymnasium geschossen hatten! Selbst das Repetiergewehr von Julek D. imponierte mir nicht mehr.

Komisch, daß die Zwecke, zu denen der Karabiner ausersehen ist, uns – oder wenigstens mir, aber wohl auch den anderen – im Grunde gar nicht bewußt geworden sind. Gewiß, die Schilder auf dem Schießstand waren keine unschuldigen Sportjacken mit einem schwarzen Kreis in der Mitte, sie ließen ziemlich deutlich blaßgrüne Silhouetten mit einem Stahlhelm auf dem Kopf und dem weißen Fleck des Gesichts erkennen, aber das war ebenfalls ein rein konventionelles Ziel. Es ging darum, zu treffen, nicht zu töten – vom Töten war irgendwie keine Rede.

Selbst dann, wenn Übungen im Bajonettkampf stattfan-

den. Ich liebte sie nicht. Die Waffe bildeten längliche, in Form von Karabinern grob behauene Stangen mit vorstehenden Enden, die mit Werg umwickelt waren, um den man Lappen gewunden hatte, so daß darauf gewissermaßen eine ziemlich feste Lappenfaust steckte. Die Grundhaltung war unbeholfen – auf breit gespreizten, in den Knien sehr tief geknickten Beinen; wir duellierten uns paarweise oder manchmal mit dem Sergeanten, einem großen Fechtmeister im Bajonettkampf, oder wir stachen in gewaltige Puppenstümpfe, die vergrößerten Schneidermarionetten ähnelten. Der Sergeant zeigte uns auch, wie und wohin man zu stechen habe – aber gleich verwickelten wir ihn in abschweifende Gespräche, über diese und jene Arten von Bajonetten, über das flache polnische oder über das mit dem viereckigen Querschnitt; nach dem Hineinstoßen hatte man die Spitze unter gewissen Umständen „umzudrehen" – damit sich in dem getroffenen Feind das Gedärm vermischte.

Schließlich zeigte uns der Sergeant auch, aber nur rein theoretisch, was man alles mit einem gewöhnlichen Pionierspaten tun könne, was für ein vorzügliches Gerät das sei, wann man den Gegner damit in den Winkel zwischen Hals und Schlüsselbein zu treffen habe, denn bei einigem Glück könne man den ganzen Arm mit der Schulter abhauen, dürfe aber beileibe nicht auf den Kopf zielen, weil darauf gewöhnlich der Stahlhelm sitze, von dem der Spaten abpralle.

Man führte uns auch die Methoden vor, wie man Bajonettangriffe mit einem solchen Spaten abzuwehren habe, wir warfen Granaten, das heißt nur Attrappen – und dann hatten wir immer wieder bei Unwetter stundenlang die unhandlichen Lebelgewehre zu reinigen. Ein einziges Mal marschierten wir damit durch die Stadt, aus einem außergewöhnlichen, ganz und gar besonderen Anlaß.

Das war an einem Abend nach dem Tode Marschall Piłsudskis. Warum ausgerechnet um diese Stunde, weiß ich nicht. Wir marschierten lange, und die ganze Zeit in Habtachthaltung, so daß der Arm von dem schweren Lebel erlahmte, der in Gürtelhöhe gehalten werden mußte, wir zogen in einem großen Bogen durch die Stadt, durch den Plac

Mariacki, wo, nicht weit vom Mickiewiczdenkmal entfernt, das damals in der Dunkelheit nicht zu sehen war, ein einsames, nicht sehr hohes Postument mit einer steinernen, nur von einer schwarzen Schärpe umwundenen Büste stand, im Licht eines Scheinwerfers, das irgendwoher von oben fiel – wir schritten in dem düsteren Trauerwirbel der Trommeln, der gewissermaßen die ganze Stadt erfaßte, und stampften mit ganzer Macht auf dem Pflaster. Es war das Jahr fünfunddreißig.

In den drei Jahren unserer militärischen Ausbildung hatte man uns nicht ein einziges Mal gesagt, daß es so etwas wie Panzer gibt. Sie zählten einfach nicht. Gewiß – wir lernten alle möglichen Gase und die Bezeichnungen der Waffenteile kennen, lernten auch die Dienstvorschriften, das Aufstellen von Wachen, die Geländetaktik und eine Menge anderer Dinge; schließlich wurden ja jährlich rund hundert Stunden darauf verwendet und dreihundert in den letzten Klassen. Aber das war – was ich jetzt klar sehe – so, als wollte man uns für den Fall eines Krieges vorbereiten, der dem preußisch-französischen aus dem Jahre 1870 glich. Wir bildeten nicht einmal einen Splitter der Armee, wir wurden ja nicht dazu gezählt, wir waren erst der Samen für einen solchen Splitter. Mit wie vielen Tausenden, ja Zehntausenden müßte man unsere anachronistischen, niemandem nützenden Schulungen multiplizieren, um uns diese mühseligen Vorbereitungen, diese Arbeiten, die unzähligen Mühen der Männer in den Uniformen vorzustellen, die nirgendwohin gerichtet waren. Die Niederlage hat alles in einen Schleier gehüllt – aber ich kann mich nicht ohne eine gewisse Bestürzung in diese vergeudete Mühe hineindenken.

Die letzten Sommerferien vor dem Abitur hatte ich in einem Schulungslager in Delatyn zugebracht. Es war dort wie beim Militär, wenn es Manöver abhält: wir wohnten in Zelten zu je achtzehn Mann am hohen, abschüssigen Ufer des Prut, mit allem, was dazugehörte – dem morgendlichen Weckruf, dem Drill, den Feldübungen, dem Mittagessen aus der Gulaschkanone, den taktischen Beschäftigungen und dem

Abendappell. Zum erstenmal befand ich mich vollends außerhalb der Familiensphäre, nur die Gruppenführer und die Unteroffiziere wachten über mich. Man hatte uns auch gleich zu verstehen gegeben, daß wir wie Erwachsene, wie Armeeangehörige behandelt werden würden – ein Hauptmann warnte uns nämlich vor Kontakten mit der weiblichen Bevölkerung aus der Umgebung, weil unter den Huzulen die Syphilis endemisch verbreitet sei.

Ich lernte vielerlei dazu, auch wie der Machtmechanismus funktionierte. Als ich an die Reihe kam und diensthabender Unteroffizier wurde, begab ich mich am frühen Morgen zum Chef, dem Sergeanten, um die Marmeladeportion für mein Zelt abzuholen; der Sergeant schnitt einen mächtigen Brokken der Himbeersubstanz für sich ab und übergab mir den Rest, ich wiederum begriff, was mir zukam, und bröckelte mir auf dem Rückweg ebenfalls einen Funktionszuschlag auf eigene Faust ab.

Gegen Ende fanden große Manöver in Anwesenheit eines Beobachters aus Warschau, eines Majors, statt; er kam uns mit seinem Rang beinahe unerreichbar vor. Um mir den Ärger zu ersparen, der mit dem Tragen des Pionierspatens verbunden war, weil dieser einem beim Laufen aufs Gesäß schlug, nutzte ich den Umstand, daß nur jeder zweite einen solchen Spaten erhalten hatte, und tat so, als hätte ich keinen empfangen, indem ich den Spaten auf Anraten des mir wohlwollenden Gruppenführers im Strohsack versteckte. Selbstverständlich ging er sofort verloren, ich mußte ihn später bezahlen. Aber wenigstens sparte ich mir dadurch die Mühe, mich eingraben zu müssen; ich wußte mir auch mit meinem Lebelgewehr zu helfen, denn ich stopfte, auf die Einflüsterung des Zivilistengeistes hin, der in mir saß, einen kleinen, diskreten Korken in den Lauf, nachdem ich ihn innen ein für allemal bis zum Silberglanz geputzt hatte; so konnte bei dem unaufhörlichen Springen und Hinfallen kein Sand hineingelangen. Bei der Waffenreinigung säuberte ich das Gewehr nur von außen und nahm bei der Durchsicht den Pfropfen heimlich im geeigneten Augenblick heraus.

Schlimmer erging es meinem Freund Miecio R., auf den es

der Major beim großen Manöver aus irgendeinem Grunde abgesehen hatte. Er befahl ihm, zuerst die Griffe beim Kommondo „Gasgefahr“ zu demonstrieren, und dann stieß er den Ruf „Alarm!“ aus. Mietek erblaßte, öffnete aber schließlich unter dem wachsamen Auge aller Chargen die Blechbüchse, in der sich statt der Maske Äpfel und Bonbons befanden. Er hatte die Gasmaske ebenso wie den Spaten im Strohsack verborgen. Schrecklich waren die Folgen dieser Tat, einschließlich eines Ungenügend in PS auf dem Zeugnis, aber später geriet das in Vergessenheit.

Die Manöver selbst habe ich als enormes Hinundherlaufen und Platzpatronenknallen in Erinnerung, wozu man uns schon um vier Uhr früh aus dem Schlaf riß. Ich stellte fest, daß die Welt zu dieser Tageszeit im Juli geradezu außergewöhnlich schön ist, und nahm mir sogar vor, sie auch als Zivilist in dieser morgendlichen Frühe auszukosten. Aber es kam dann irgendwie doch nicht dazu. Wir robbten unheimlich viel, und nie wußte man, wo sich der im Fachjargon so benannte Ef-de, der Feind, befand, also feuerten wir auf jeden Fall in alle Himmelsrichtungen. Dann verliefen sich die Spitzen irgendwo, dann wieder stürzte sich eine Huzulin, die sich in unserer Nähe herumtrieb, plötzlich auf den Gruppenführer und entriß ihm das Gewehr – wie sich herausstellte, war das ein Korporal, der uns in seiner teuflischen Verkleidung die Tükken des Feindes demonstrierte.

Wie es scheint, hatten wir gesiegt, obwohl ich mir dessen nicht ganz sicher bin. Wir wurden noch mehrmals durch nächtlichen Alarm mitten aus dem Schlaf von den Strohsäcken gerissen, wobei man die ganze Gruppe wieder unter die Decken schickte, wenn nicht alle Schnürsenkel gewissenhaft durch die Löcher gezogen waren – in einer Nacht mußten wir uns sogar viermal im Rekordtempo an- und ausziehen. Aber am besten habe ich mir die Tatsache gemerkt, daß man beim Militär stets etwas zu putzen hat, wenn nicht die Waffen, dann die Schuhe, und wenn nicht die Schuhe, dann den Fußboden (die Zelte besaßen keine Fußböden, und hier offenbarte das Saubermachen nun schon gänzlich seinen Symbolcharakter).

Eigentlich bin ich damals – wenn wir Ausgang hatten – zum erstenmal mit der entsetzlichen Not, die unter den Huzulen herrschte, aus der Nähe in Berührung gekommen. Für fünf Groschen oder für eine Schnitte konnte man ein ganzes Kochgeschirr voll Walderdbeeren oder Himbeeren bekommen, und obendrein hatten sie noch lobende Worte übrig. Delatyn war etwas weiter von solchen Touristenzentren wie Tatarów oder Jaremcze entfernt.

Mehrere Tage arbeiteten wir im Wasser beim Bau einer Brücke, die der angeschwollene Fluß weggeschwemmt hatte. Ich wurde dabei braun wie ein Neger. Endlich nahte das Ende dieses vorgetäuschten Krieges, es fanden alle möglichen Rituale statt – so das Hochwerfen der Leutnante und Unteroffiziere, und den weniger beliebten, die uns ihre Macht hatten spüren lassen, wurden, wenn sie herunterfielen, Fäuste statt offener Hände entgegengehalten.

Ich erinnere mich, wie wir hinter einem Leutnant, der blond und rosig war wie ein Schwein und der in der Sonne so rot wurde, als würde ihn jeden Augenblick der Schlag treffen, durch das ganze Lager hetzen mußten – er versuchte uns durch Befehle zu bändigen, aber die Achtung vor den höheren Rängen war dahin, die Diensteifrigkeit hatte sich unversehens aufgelöst, und nichts konnte dem Leutnant helfen – er flog in die Luft.

Der Karabiner hatte mich eigenartigerweise gereckt, und ich hatte sogar abgenommen. Am letzten Tag gab es ein Lagerfeuer mit großem Singsang, ein Festmahl mit Brauselimonade und Pfannkuchen, und tags darauf wurden wir in Waggons verladen. Während der Fahrt nach Lwów hatte sich einer der Ausbilder, ein Fähnrich, zu mir gesetzt, dem ich unerhört sympathisch vorkam, mehr noch, der mich geradezu bewunderte; die Herzlichkeit, ach was, die Anerkennung (ich wußte gar nicht wofür), die mir der Quasioffizier bezeugte, betörte mich vollends. Als sich herausstellte, daß meine Schuhe dem Fähnrich gefielen (ich hatte zwei Paar mit), trennte ich mich denn auch auf der Stelle von ihnen – nur wußte ich nicht gleich, wie ich ihm diese Schuhe anbieten sollte, damit er sich nicht beleidigt fühlte, da er doch so viel höher im Rang war als ich – aber zum Glück erleichterte er mir selbst die Sache und verschwand mit ihnen, sobald er sie an den Schnürsenkeln gepackt hatte. In diesem Augenblick fuhr der Zug gerade auf den Bahnsteig, unter die gewaltige Kuppel des Hauptbahnhofs, wo bereits voller Sehnsucht die Eltern warteten.

Niemand starb, als ich klein war. Gewiß, ich hatte von solchen Fällen gehört, aber so wie über das Niedergehen von Meteoriten. Jeder weiß, daß sie herabfallen, das kommt vor – doch welche Beziehung hat das zu uns? Während ich diese Worte niederschrieb, träumte ich zwischen zwei Regentagen in Zakopane von meinem Vater. Nicht so verschwommen, unklar, in unbekanntem Alter, wie ich ihn mir im Wachzustand vorzustellen vermag, sondern lebendig, im konkreten Augenblick. Ich sah seine grauen, noch munteren Augen hinter den Brillengläsern, den kurzen, über der Oberlippe gestutzten Schnurrbart, den kleinen Spitzbart, seine Hände mit den kurzgeschnittenen Nägeln, die stets gebürsteten Hände eines Arztes, mit einem goldenen Ring, der vom Tragen dünner geworden war, den Faltenwurf der Weste, den Überrock, der von der rechten Seite durch das Gewicht des laryngologischen Spiegels herabgezogen wurde – und im Hintergrund die Wohnung, die Tapeten, den alten hohen Ofen aus weißen Kacheln, die im feinen Netzmuster geborsten waren, und Tausende anderer Einzelheiten, die ich beim Aufwachen nicht einmal zu nennen vermochte. Das alles ist in mir, eine unzugängliche Menge von Erinnerungen, von Minuten, Stunden, Tagen, Wochen, Jahren – und niemand findet dort Eingang außer dem Traum, über dessen Regungen ich nicht Herr bin. Irgendwo ist da der Stryjer Park, ganz in Schnee gehüllt, und mein Vater, der in einer kleinen Allee aus schwarzen Bäumen, schrecklich frierend, mit den Händen in den Manteltaschen, auf und ab spaziert, während ich, das erstemal auf Skiern, kaum die Beine zu bewegen vermag und mir vorstelle, ich sei Herr über unermeßliche Weiten. Hufgetrappel, das auf dem hölzernen Pflaster der Marszałkowska vor der Jan-Kazimierz-Universität plötzlich matter wurde, das durchdringende, wehklagende Kreischen, mit dem die Straßenbahn in die Fenster der Klasse schlug, wenn sie in mühsamer Aufwärtsfahrt zum Hohen Schloß um unseren Spielplatz bog. Sämtliche Treppengeländer, auf denen ich hinabgerutscht bin, die karierten Pumphosen meines Schulfreundes Łoza, die längsten in der Klasse, die grünen Lokomobilen von der Ostmesse und die vielen Kastanienbäume. Der kupferne Wasserkessel vom Küchenherd, die Eicheln der Schlafzimmerdecke, der Tand und das Eisengerümpel, in dem ich Schätze suchte, und sogar mein erstes Bett – es war weiß, von der Seite mit einem auf eine Schnur gezogenen Netz verschließbar. Das rätselhafte Schiff, das wie durch ein Wunder durch den engen Hals in die Flasche geschwommen war, und die erste legale Zigarette mit rotem Leinenmundstück, Marke „Nil", die ich mir nach dem Abitur, im Juni des Jahres neununddreißig, ansteckte.

Und welch gewaltige Lawinen waren doch über diese Welt hereingebrochen. Wie ist es möglich, daß sie sie nicht restlos hinweggewischt, ihre Spuren nicht ausgemerzt haben? Für wen eigentlich dauern sie weiter an, vor wem schützt die unwillige Erinnerung sie, die nur nachts, nur in der Bewußtlosigkeit des Traums, vor ihm, dem Blinden, ihre Schatzkammern weit aufreißt, während sie im Wachzustand trotzig ist und nur spärliche, pythische Antworten erteilt, die man erst mühsam enträtseln muß; entgegen ihrem hartnäckigen Schweigen hat man die klaffenden Lücken durch Mutmaßungen auszufüllen, hat zu resignieren, wenn ein ihr jählings entrissener, gewissermaßen heimlich entwendeter kleiner Rest, ein bunter Fleck, der Umriß eines Mundes, ein Schatten, ein Laut, sich durch nichts erklären läßt, ungeachtet der dunkel andrängenden Überzeugung, daß das mit einer wichtigen Sache zusammenhing, daß einst das Schicksal dort seinen Weg genommen habe, indes da nur Leere ist, dumpf wie eine unsichtbare Wand, und man damit nichts anfangen kann. Überlegungen wie unterirdische Minengänge, wie Stollen, die einstürzen; welch Geiz, welche Gleichgültigkeit der Erinnerung, die doch alles weiß und alles vermag, die sich aber nicht ergibt, sondern hartnäckig bleibt, wie sie nun einmal ist, verächtlich in sich selbst verschlossen, den Ablauf der Zeit igno-

rierend, von der sie unabhängig ist. Wenn sie wirklich eine Leere wäre, mit nur spärlichem Gewimmel verlöschender Bilder – doch nein, es ist ganz gewiß nicht so, dafür gibt es Beweise, in den Träumen, und stets gewährt sie mir nicht dorthin Zutritt, wohin ich möchte, nicht dann, wann mir daran gelegen wäre, nie, wie ein stur verklemmter Mechanismus, souverän in seiner präzisen Aufgabe, die er mit irrsinniger Vollkommenheit erfüllt – fixieren, aufbewahren, in aller Unveränderlichkeit und Unabänderlichkeit. Aber das stimmt nun auch wieder nicht – sie wird dennoch mit ihr zugrunde gehen, die zähe, verbissene Wärterin, der Geizkragen, geübt in der Tyrannei, im Ungehorsam, in spöttischer Widerspenstigkeit, so beständig und so zerbrechlich zugleich, feinfühlig und gleichgültig wie Kohle, in der ein Blatt seinen Abdruck fand. Wie ist das zu verstehen? Wie soll man sich mit ihr vertragen? Neuronennetze, Synapsen, McCulloch-Schleifen? Nein, man sollte sie nicht auf eine so kluge, auf eine so lächerlich gelehrte Weise deuten – denn das ist für die Katz, mag es schon so bleiben, wie es ist. Wir bilden mit ihr gewissermaßen ein Gespann von Pferden, die sich nicht vertragen, die aber denselben Wagen ziehen. Vorwärts denn, meine unzertrennliche, unbekannte Gefährtin, mein Feind, mein Freund.

Zakopane, Juni 1965

Suhrkamp Verlag GmbH
Torstraße 44, 10119 Berlin
info@suhrkamp.de
www.suhrkamp.de